——天府文化研究与传播丛书——

古今诗词中的天府成都

唐 婷◎著

吉林大学出版社

·长春·

图书在版编目（CIP）数据

古今诗词中的天府成都 / 唐婷著 .-- 长春 ： 吉林
大学出版社 , 2023. 3
ISBN 978-7-5768-1541-2

Ⅰ．①古… Ⅱ．①唐… Ⅲ．①诗歌欣赏－中国 Ⅳ．
① I207. 2

中国国家版本馆 CIP 数据核字（2023）第 049206 号

书　　名　古今诗词中的天府成都
　　　　　GU-JIN SHICI ZHONG DE TIANFU CHENGDU

作　　者　唐　婷
策划编辑　李卓彦
责任编辑　王默涵
责任校对　柳　燕
装帧设计　尚　炜
出版发行　吉林大学出版社
社　　址　长春市人民大街4059号
邮政编码　130021
发行电话　0431-89580028/29/21
网　　址　http：//www. jlup. com. cn
电子邮箱　jldxcbs@sina.com
印　　刷　成都蜀望印务有限公司
开　　本　787mm×1092mm　1/16
印　　张　12.5
字　　数　150千字
版　　次　2023 年 3 月　第 1 版
印　　次　2023 年 3 月　第 1 次
书　　号　ISBN 978-7-5768-1541-2
定　　价　55.00 元

前言
Preface

　　"天府"是指天子的府库，含有储藏丰富之义。在古代官职中也有"天府"，掌管"祖庙之守藏与其禁令"，后来便逐渐用来形容优越的地域条件。我国历史上，有多个地区先后被冠以"天府"之名[1]，成都平原被称为"天府"最早是在蜀汉时期。刘备三顾茅庐，诸葛亮为其分析天下形势，劝刘备占据益州以图中原，说道："益州险塞，沃野千里，天府之土，高祖因之以成帝业。"将包含成都平原在内的益州称为"天府之土"，主要还是因为其地理环境优越，有天然屏障、易守难攻；有沃野千里、植被茂盛。后来东晋时期，崇州人常璩作《华阳国志》，也说："蜀沃野千里，号为'陆海'，旱则引水浸润，雨则杜塞水门，故记曰：水旱从人，不知饥馑，时无荒年，天下谓之'天府'也。"秦时，蜀太守李冰修建都江堰水利工程，连年的洪水泛滥及旱灾得到有效控制，蜀中水旱从人，因此被称为"天府"，也是指这里自然环境丰饶、物质文化繁荣。成都，是我国四川省省会，也是西部地区重要的中心城市，是重要的交通枢纽和

---

[1] 除成都外，先后被称为"天府"的地区还有关中地区和燕赵地区。关中地区称"天府"，见《战国策·秦策》，苏秦说秦国"西有巴蜀汉中之利……此所谓天府，天下之雄国也"；《史记·留侯世家》中张良说，"关中左崤函……此所谓金城千里，天府之国也"。燕赵地区称"天府"，见《史记·苏秦列传》"燕东有朝鲜、辽东……此所谓天府者也"。

商贸中心，有着 4500 多年之久的城市文明史和 2300 多年的建城史。在这悠久的发展历程中，成都城址从未迁徙，城名从未改变，积淀了深厚的城市底蕴，凝结成独特的城市精神。古往今来，无数文人墨客或生于斯，或长于斯，或客居于斯，留下了关于这座城市的大量诗词，为我们了解天府成都提供了更诗意的方式。

这是一座诗意的城市。正是"自古诗人例到蜀"，成都不仅本土诗人众多，也迎来无数诗文名家入蜀。汉代时司马相如与扬雄并称"扬马"，是我国赋体文学创作的高峰；自唐宋起，蜀中则有陈子昂、李白、"三苏"等在全国诗坛大放异彩，随着各地出现动荡不安的局势，入蜀诗人涌现出如杜甫、高适、陆游、范成大等名家；再到明清时期，蜀中诗人代表有梅挚、杨慎、"三费"、李调元等，数量众多，成就卓著。这些诗人用生动而优美的诗词记录下当时的成都，本土诗人带着血脉中既定的熟悉，写着对成都深深的依恋；入蜀诗人则有着认识新事物的好奇，感叹成都的繁华与安宁。"锦江春色来天地，玉垒浮云变古今"（杜甫《登楼》），成都的山川草木、历史烟云都在诗人笔下，这些浩如烟海的诗词华章中有着最诗意、最生动的成都。

这是一座优雅的城市。坐拥得天独厚的自然条件，从"不知饥馑"到"既丽且崇""扬一益二"，成都逐步发展成为西南地区（唐宋时，甚至是全国）的经济文化中心城市。富足的物质生活，秀美的山川风光，心灵手巧的蜀人，创造着专属于这座城市的生活美学。"蒙顶茶畦千点露，浣花笺纸一溪春"（郑谷《蜀中三首》），品茗、听琴、泛舟溪上；研墨、铺纸、以诗会友。这舒适惬意的城市生活，在诗人的笔下是"女郎剪下鸳鸯锦，将向中流匹晚霞"，且看那锦色比晚霞还要光鲜亮丽；是"薛涛诗思饶春色，十样蛮笺五彩夸"，用如此精美的蜀笺写诗，岂不更有雅趣；也是"为我一挥手，如听万壑松"，出神入化的演绎与鬼斧神工的蜀琴相得益彰。琴声清越，适合喝一盏淡茶，茶淡而有味，正是"欲道琼浆却畏嗔"啊。诗人们用形象的语言、丰富的意象、真挚的情感向我们描绘着独具成都风味的衣食住行。这份由来已久的优雅，体现出成都经济文化的蓬勃发展，也反映出成都人民乐于创造的精神。

　　这是一座温暖的城市。成都自古就是友善包容、热情好客之地，致使多元文化在此融会碰撞，形成成都城市文化异彩纷呈的组成部分。这里有很多重情重义、敢爱敢恨的故事，成都见证了那突破藩篱、大胆热烈的爱情，如今"文君当垆，相如涤器"的佳话依然流传；成都铭记着动乱之际、生死攸关的友情，诗圣杜甫灿若星河的篇章还镌刻在草堂；成都传唱着忠孝传家、诗书继世的亲情，人们依然感慨杨慎家族"一门七进士"的无上荣光。这些"情"延伸汇聚为城市的大爱。民国时期，"五老七贤"中的尹昌龄接办慈惠堂，对老弱孤寡和各类需要救助的人提供帮助，不仅提供吃住，还教授各种技能，这份"情深义重"是这座城市感人至深的温暖。也因为这份善意，在几次大移民中，成都都欣然接纳了远道而来的他乡人。如今看来，情义也为城市发展带来了更多机遇、更多力量。

　　这是一座繁华的城市。成都有得天独厚的地理环境，有崇山峻岭作天然屏障，又得益于都江堰水利工程，因此物产富饶，正是"地富鱼为米，山芳桂是樵"。在浩如烟海的诗词中，诗人们描绘出成都作为西部中心城市经济繁荣的热闹景象，各类集市在城市如期举行，各类商品琳琅满目，夜市上霓虹闪烁，丝竹管弦混杂着车马声响彻云霄。"喧然名都会，吹箫间笙簧"，便是杜甫从都城长安来到成都，对这座繁华的西南城市所发出的惊叹。成都的城市建设、城市风貌随着历史的推进而改变，那些在成都生活的人，在成都发生的事，或多或少都印刻在城市的地表上。从少城到宽窄巷子，从武侯祠到锦里，从大慈寺到太古里，是成都生生不息的见证，也是成都日益繁荣的体现。而今，成都正全力建设世界文化名城，这将为城市发展带来更多的机遇与挑战，也是成都独特的地域文化、人文精神走向世界的契机。读读诗词，翻翻历史，了解成都的古往今来就变得更加有必要、有意义。

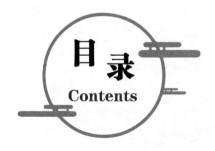

目 录
Contents

第一章
诗意成都

　　西汉时，文翁在成都创办"石室精舍"，这是我国最早的官办地方学府，为成都培养了各类杰出人才。文翁兴学后，成都的司马相如、扬雄成为一代赋宗，名震文坛，蜀地才子由此开始在全国文学界崭露头角。正如古诗所说，"蜀国本多士，雄文似相如"，蜀地人杰地灵，笔下文章铺采擒文都有司马相如的风采。自古以来，成都以得天独厚的地理条件、富足充裕的物产资源、相对安定的社会生活、孜孜以求的文化教育，培养出众多文化名人，也吸引各地人物来到成都，在此以诗会友、书写人生、歌咏山河，形成了独具成都地方特色的诗歌文化。

第一节　自古诗人例到蜀

　　成都自古以来就是我国西南地区的枢纽城市，这里物资充足，聚集着天下奇珍异宝，人们生活富足。盛唐时期，射洪人陈子昂在呈送给武则天的奏折中写道："蜀为西南一都会，国家之宝库，天下珍货，聚出其中，又人富粟多，顺江而下，可以兼济中国。"[1]安史之乱爆发后，唐玄宗仓皇入蜀。李白盛赞成都有长安不及的风采，说"九天开出一成都，万户千门入画图。草树云山如锦绣，秦川得及此间无"（李白《上皇西巡南京歌》）；诗圣杜甫也来到成都避难，感叹此处出人意料的安宁与繁华，说"曾城填华屋，季冬树木苍。喧然名都会，吹箫间笙簧"（杜甫《成都府》）；盛唐诗人田澄描绘成都的富饶，"地富鱼为米，山芳桂是樵"（田澄《成都为客作》）；晚唐诗人郑谷喜爱成都的秀丽，"蒙顶茶畦千点露，浣花笺纸一溪春"（郑谷《蜀中三首》）；等等。有言道，"自古诗人例到蜀"，这样一座被太阳神鸟护佑的文化名城，从来都是诗人们憧憬的山水胜地，于是才有形容成都繁华秀美的丰富篇章。

　　成都有着深厚的文化底蕴、独特的人文精神和鲜明的地域特色。这片沃土滋养了无数的诗文名家，在巴蜀大地成长起来的就有司马相如、扬雄、王褒、陈子昂、李白、雍陶、唐求、欧阳炯、王珪、文同、宇文虚中、苏洵、苏轼、苏辙、李石、梅挚、魏了翁、虞集、费著、杨慎、费经虞、费密、费锡璜、费锡琮、刘沅、刘咸荣、刘咸炘、宋育仁、林思进、赵熙、骆成骧、顾汝修、彭端淑、曾学传、艾芜、沙汀、李劼人、巴金、吴虞等，他们大多叱咤文坛，盛名在外，无论

---

[1] 出自《旧唐书·陈子昂传》。

是在文学上还是政治上都有不凡的成就。成都也因地理环境独特以及物质丰厚，吸引了无数文人墨客和名师大家来到蜀地，即如王维、孟浩然、高适、岑参、杜甫、元稹、白居易、贾岛、李商隐、温庭筠、范成大、张咏、宋祁、赵抃、文彦博、石介、韩琦、陆游、张邦伸等，他们或因战乱流寓于此，或因公职暂居于此，或慕名游历于此，彼此间诗词酬唱，结社行吟，畅游蜀地大好河山，留下无数生动的华章。我们从文人间的酬唱、创作的作品来勾勒蜀地文人活动的大致情况，以认识和了解成都文学创作、文学活动、文学发展的特色与活力。

通过对历代歌咏成都历史文化遗迹、自然风光及人情风俗的诗词作大致梳理，就会发现不同时代的诗人来到成都后与朋友交往、到历史遗迹"打卡"的行踪，由此反映出成都因厚重的人文积淀、秀美的山川风光促成诗人云集的特征。据廖永祥在《蜀诗总集》中所作的统计，唐代四川籍及入蜀的著名诗人有 50 余位。除此之外，"花间派"词人 18 位中大多为蜀人或寓蜀的文人；宋代四川籍及入蜀的诗人有 329 位；明代洪武初到清顺治末，有 550 余人之多；清初至辛亥革命，因社会动荡导致诗人流动频繁，数量较大而难以给出确切的统计数据，但按廖永祥目录所列，不下千人[1]。这就是历代生长于蜀或寓居于蜀的诗人情况。下面我们按照历史时间的先后，对历代诗人咏成都的诗歌作品做一梳理。如表 1-1所示。

表 1-1　历代诗人咏成都作品列表

序号	时代	人名（生卒年）	与成都相关的代表作
1	西晋	张载（生卒年不详）	《登成都白菟楼》
2	唐	卢照邻（约635—约695）	《石镜寺》《相如琴台》《文翁讲堂》《益州城西张超亭观妓》《九陇津集》《十五夜观灯》
3	唐	王勃（约650—约676）	《寻道观》《游梵宇三觉寺》《山中》

---

[1] 廖永祥编纂，《蜀诗总集》第 15-19 页，天地出版社，2002 年版。

续表

序号	时代	人名（生卒年）	与成都相关的代表作
4	唐	张说（667—730）	《新都南亭送郭元振卢崇道》
5	唐	李白（701—762）	《登锦城散花楼》《上皇西巡南京歌》《蜀道难》《送友人入蜀》《咏严遵》
6	唐	杜甫（712—770）	《成都府》《石镜》《杜鹃行》《石笋行》《石犀行》《古柏行》《蜀相》《琴台》《晚秋陪严郑公摩诃池泛舟》《遭田父泥饮美严中丞》《丈人山》《江畔独步寻花》《题新津北桥楼》《游修觉寺》《堂成》《春夜喜雨》《赴青城县出成都寄陶王二少尹》《茅屋为秋风所破歌》《草堂即事》《野望》《春日江村》《奉观严郑公厅事岷山沱江画图十韵》《谒先主庙》《严中丞枉驾见过》《西郊》《咏怀古迹》《怀锦水居止》《陪李七司马皂江上观造竹桥即日成往来之人免冬寒入水聊题短作简李公》《李司马桥了承高使君自成都回》《又于韦处乞大邑瓷碗》《和裴迪登新津寺寄王侍郎》《谢严中丞送青城道士乳酒一瓶》《暮登四安寺钟楼寄裴十迪》《绝句漫兴九首》《南邻》《北邻》《野人送朱樱》《高楠》《和裴迪登蜀州东亭送客逢早梅相忆见寄》《赠花卿》《野老》《江村》《赠蜀僧闾丘师兄》《江头五咏》《奉酬严公寄题野亭之作》
7	唐	田澄（生卒年不详。活跃于天宝年间，杜甫曾写诗相赠）	《成都为客作》
8	唐	高适（704—765）	《赴彭州山行之作》
9	唐	岑参（约718—约769）	《张仪楼》《万里桥》《石犀》《文公讲堂》《升仙桥》《先主武侯庙》《严君平卜肆》《行军诗》《西蜀旅舍春叹寄朝中故人呈狄评事》《冀国夫人歌词》

续　表

序号	时代	人名（生卒年）	与成都相关的代表作
10	唐	武元衡（758—815）	《摩诃池宴》《八月十五夜与诸公锦楼望月得中字》《四川使宅有韦令公时孔雀存焉，暇日与诸公同》《中秋夜听歌联句》
11	唐	张籍（约766—约830）	《成都曲》
12	唐	王建（约768—约830）	《寄蜀中薛涛校书》《织锦曲》
13	唐	薛涛（约768—832）	《筹边楼》《斛石山书事》《贼平后上高相公》
14	唐	刘禹锡（772—842）	《蜀先主庙》
15	唐	段文昌（773—835）	《晚夏登张仪楼呈院中诸公》《还别业寻龙华山寺广宣上人》
16	唐	元稹（779—831）	《寄赠薛涛》
17	唐	贾岛（779—843）	《海棠》
18	唐	张祜（约785—849）	《散花楼》
19	唐	薛能（817—880）	《过昌利观有怀》《三学山开照寺》《自广汉游三学山》
20	唐	李商隐（约813—约858）	《武侯庙古柏》
21	唐	高骈（821—887）	《锦城写望》
22	唐	雍陶（约834年前后在世）	《武侯庙古柏》《经杜甫旧宅》《到蜀后记途中经历》
23	唐	罗隐（833—910）	《中元甲子以辛丑驾幸蜀》

续 表

序号	时代	人名（生卒年）	与成都相关的代表作
24	唐	郑谷（约851—约910）	《蜀中》《蜀中赏海棠》《锦》《传经院壁画松》[1]
25	唐	裴铏（约860年前后在世）	《题文翁石室》
26	唐	刘驾（约867年前后在世）	《晓登成都迎春阁》
27	唐	唐求（约880—约907）	《题青城山范贤观》《题常乐寺》《邛州水亭夜宴送顾非熊之官》《送友人归邛州》《发邛州寄友人》
28	唐	陆龟蒙（？—约881）	《奉和袭美酒中十咏·酒垆》
29	前蜀	贯休（832—912）	《读玄宗幸蜀记》《陈情献蜀皇帝》《蜀王入大慈寺听讲》《陪冯使君游六首·迎仙阁》
30	前蜀	韦庄（约836—910）	《乞彩笺歌》
31	后蜀	杜光庭（850—933）	《题本竹观》《题鹤鸣山》《题鸿都观》《题都庆观》
32	北宋	杨亿（974—1020）	《成都》
33	北宋	薛田（活跃于宋真宗、仁宗时期）	《成都书事百韵》
34	北宋	王益（994—1039）	《新繁县东湖瑞莲歌》《和梅公仪〈新繁县显曜院〉》《和梅公仪留题重光寺罗汉院赠宪上人》
35	北宋	梅挚（994—1059）	《和王益新繁县东湖瑞莲歌》《新繁县显曜院》《留题重光寺罗汉院赠宪上人》《酬赠王益舜良殿丞》《和王益留题清凉院》
36	北宋	宋祁（998—1061）	《成都》《江渎池亭》《大慈寺前蚕市》《三月九日大慈寺前蚕市》《二十三日圣寿寺前蚕市》《九日药市作》

[1] 一本题上有"西蜀净众寺"五字。

续 表

序号	时代	人名（生卒年）	与成都相关的代表作
37	北宋	石介（1005—1045）	《燕支板浣花笺寄合州徐文职方》
38	北宋	田况（1005—1063）	《三月十四日太慈寺建乾元节道场》《上元灯夕》《二十八日谒生禄祠游净众寺》《三月三日登学射山》《四月十九日汛浣花溪》《伏日会江渎池》《七月六日晚登太慈寺阁观夜市》《七月十八日太慈寺观施》《冬至朝拜天庆观会太慈寺》
39	北宋	文彦博（1006—1097）	《蜀笺》
40	北宋	吕公弼（1007—1073）	《严真观》
41	北宋	范镇（1007—1088）	《游昭觉寺》《净众寺新禅院》《平云亭》《仲远龙图见邀游学射先寄五十六言》
42	北宋	赵抃（1008—1084）	《次韵孙直言九日登龙门山》《蜀倅杨瑜邀罨画池》《早离温江夜泊白沙步》《次韵苏采游学射山》《游海云山》
43	北宋	文同（1018—1079）	《题鹤鸣化上清宫》《青城山丈人观》《昭庆观》《题高堂山兜率寺》《题凤凰山后岩》《游弥牟王氏园》
44	北宋	周焘〔生卒年不详。周敦颐次子，宋哲宗元祐三年（1088）登第，曾任成都知府〕	《合江亭》
45	北宋	吕大防（1027—1097）	《万里桥》
46	北宋	苏轼（1037—1101）	《元修菜》《春菜》《和子由蚕市》
47	北宋	苏辙（1039—1112）	《纪胜亭》
48	北宋	黄庭坚（1045—1105）	《老杜浣花溪图引》

续 表

序号	时代	人名（生卒年）	与成都相关的代表作
49	北宋	张俞（生卒年不详。文彦博治蜀，为其筑室青城山白云溪）	《邛州青霞嶂》
50	北宋	宋京〔宋徽宗崇宁五年（1106）进士〕	《武担》《龟化》《书台》《草堂》《琴台》《墨池》《石室》《玉局》《礼殿》《严真》《大观庚寅冬游资州北岩》《资州》
51	北宋	冯时行（1100—1163）	《信相寺水亭》
52	北宋	杨甲（1110—1184）	《灵泉山中》
53	南宋	喻汝砺〔生卒年不详。大约生活在北宋末南宋初期，南宋建炎元年（1127）任四川抚谕官〕	《谒江渎庙》《散花楼》
54	南宋	王刚中（1103—1165）	《弥牟镇孔明八阵图》
55	南宋	陆游（1125—1210）	《成都书事》《登邛州谯门门三重其西偏有神仙张四郎画像张》《离堆伏龙祠观孙太古画英惠王像》《夜闻浣花江声甚壮》《谒石犀庙》《游诸葛武侯书台》《谒告归卧晚登子城》《摩诃池》《后陵诗序》《文君井》《访杨先辈不遇因至石室》《晚登横溪阁》《谒汉昭烈惠陵及诸葛公祠宇》《九日试雾中僧所赠茶》《饭罢戏作》《思蜀》《冬夜与溥庵主说川食戏作》《蔬食戏书》《食荠》《宿上清宫》《青羊宫小饮赠道士》《天申节前三日大圣慈寺华严阁燃灯甚盛游人过于元夕》《饭昭觉寺抵暮乃归》《人日饮昭觉》《化成院》《白塔院》《登灌口庙东大楼观岷江雪山》《过大蓬岭度绳桥至杜秀才山庄》《九月三日同吕周辅教授游大邑诸山》《自小云顶上云顶寺》《绝胜亭》《广都江上作》《自合江亭涉江至赵园》《自汉州之金堂过沈氏竹园小憩坐间微雨》

续 表

序号	时代	人名（生卒年）	与成都相关的代表作
			《平云亭》《高秋亭》《西岩翠屏阁》《双溪道中》《暑行憩新都驿》《弥牟镇驿舍小酌》《故蜀别苑梅龙》《张园海棠》《忆天彭牡丹之盛有感》《清明》《正月二日晨出大东门是日府公宴移忠院》《汉宫春·初自南郑来成都作》
56	南宋	李石（生卒年不详。绍兴末年太学博士）	《府学十咏》《石经堂》
57	南宋	邵博（约1122年前后在世）	《题司马相如琴台》
58	南宋	范成大（1126—1193）	《水调歌头》《离堆行》《最高峰望雪山》《入崇宁界》《新津道中》
59	南宋	京镗（1138—1200）	《绛都春·元宵》《念奴娇·上巳日游北湖》《雨中花·重阳》
60	南宋	汪元量（1241—1317）	《成都》《草堂》《玉局诗》《锦城秋暮海棠》《药市》
61	南宋	张玉娘（1250—1277）	《咏案头四俊 锦花笺》
62	宋	孙松寿（生卒年不详）	《观古鱼凫城》
63	元	虞集（1272—1348）	《归蜀》《题王庶成都山水画》
64	元	揭傒斯（1274—1344）	《蜀堰碑》
65	元	杨维桢（1296—1370）	《答曹妙清》
66	元	丁复（约1312年前后在世）	《蜀江春晓》

续 表

序号	时代	人名（生卒年）	与成都相关的代表作
67	明	杨慎（1488—1559）	《锦城夕》《郫县子云阁》《春三月四日仰山余尹招游疏江亭观新修都江堰》《天师洞》《雾中山记》《游鹤林寺》《送福上人还青城》《丹景山遇双池》《桂湖曲·送胡孝思》《桐花》《锦津舟中对酒别刘善充》《送樊九冈副使归新繁》
68	明	赵贞吉（1508—1576）	《宿天成寺》
69	明	陈于陛（生卒年不详）	《五块石》《青羊宫》
70	明	曹学佺（1574—1646）	《支机石》《双流》《万历庚戌过新津》《万历壬子岁再过新津》
71	明	陈三岛（1624—1660）	《川扇》
72	明	王体复［生卒年不详。隆庆二年（1568）进士］	《谒武侯祠》
73	明	赵大佶［生卒年不详。万历初（1573）任泸州知府］	《武侯祠碑记》
74	明	勾龙庭实［生卒年不详。宋徽宗政和年间（1111—1118）进士］	《信美亭》
75	明	卢雍（1474—1521）	《毘桥两渡》
76	清	吴伟业（1609—1672）	《成都·鱼凫开国险》
77	清	金圣叹（1608—1661）	《病中无端极思成都忆得旧作录出自吟》
78	清	刘道开（1601—1681）	《昭烈墓》

续 表

序号	时代	人名（生卒年）	与成都相关的代表作
79	清	王士禛（1634—1711）	《弥牟道中望八阵图遗址》《新都县题杨升庵先生故宅》《修觉山下》《新津县渡江》《金方伯邀泛浣花溪》
80	清	徐元善（生卒年不详。明末清初人）	《浦江吟》
81	清	石涛（1640—1718）	《费氏先茔图》
82	清	傅作楫（1656—1721）	《筹边楼》
83	清	岳钟琪（1686—1754）	《闲居绿绕山庄咏》
84	清	彭端淑（约1699—约1779）	《游石象寺》
85	清	向日升〔生卒年不详。康熙三十五年（1696）举人〕	《赋成都景物》
86	清	赵遵素（生卒年不详。乾隆年间华阳县人）	《杜宇城》
87	清	宋载〔生卒年不详。乾隆十一年（1746）任大邑县令〕	《谒汉赵顺平侯墓子龙赵公》《斜江晚渡》
88	清	张邦伸（1737—1803）	《万里桥》
89	清	李调元（1734—1803）	《游武乡侯祠》《八阵图歌》《成都杂诗》《伏龙观谒范长生祠》《同庆阁》《再过杨升庵墓有感》《过锦江书院观旧日读书屋》《离堆》《雷琴歌》《题郫筒池酒泉亭》《漓沅治》《昭觉寺》《宿云顶山天宫寺》《咏龙兴寺》《法藏寺》《登云顶山》《红牌楼》《新繁道中》《濛阳杂诗》《暑夜宿中和场》《正月十四至成都是夜观灯》《元宵》《青石桥访韩三》《清明在成都作》《谒杜少陵祠》《游杜少陵草堂》《同庆阁》《游丹景山用杨升庵韵赠圆密大师》《游青城山》《金堂署观剧》

续 表

序号	时代	人名（生卒年）	与成都相关的代表作
90	清	葛峻起［生卒年不详。雍正十一年（1733）进士］	《过明蜀王故宫》《夏日过蜀藩故邸有感》《薛涛井》《蒲江道中》
91	清	张凤翯［生卒年不详。乾隆十三年（1748）进士］	《二王庙落成陪徐明府恭谒纪事》《登二王庙远眺》《泛渠十绝·奉寄新津徐明府》
92	清	张怀泗［生卒年不详。乾隆四十四年（1779）中举］	《与玉溪五弟游文殊院》《玉女津》
93	清	杨揆（1760—1804）	《贡院》
94	清	卫道凝（1762—1823）	《杜鹃城》
95	清	刘沅（1767—1855）	《广都故城》《葛陌》《天社山老子庙》《石录经寺肉身和尚》《游丹景山步杨升庵韵》《新津渡江》《金花桥》《簇锦桥》《题川南第一桥兼呈宣刺史瑛》
96	清	张问陶（1764—1814）	《惠陵》《游薛涛井》《咏薛涛酒》《忆家园》《青羊宫》《古佛堰》
97	清	刘溎［生卒年不详。嘉庆元年（1796）进士］	《盘古城》《登筹边楼》《薛涛吟诗》
98	清	李惺（1785—1864）	《味江过王叟山庄留赠》
99	清	孙鏣（1787—1849）	《鳖令原》《龙骨车》
100	清	何绍基（1799—1873）	《谒望丛祠》《薛涛故居咏诗楼》
101	清	金城（生卒年不详。活跃于嘉庆年间）	《子云亭》
102	清	金玉麟（1808—1863）	《成都怀古》

续　表

序号	时代	人名（生卒年）	与成都相关的代表作
103	清	顾复初（1800—1893）	《清明至龙藏寺》《同叶雪苏郎中至犀浦》《成都花市》
104	清	曾国藩（1811—1872）	《桂湖》
105	清	黄云鹄（1819—1898）	《扬子云故里》《登葛仙山》《游白鹿寺》《宿朝阳洞晓望》
106	清	丁宝桢（1820—1886）	《二王庙感怀》
107	清	雪堂（1823—1899）	《登天台山绝顶》
108	清	伍肇龄（1826—1915）	《临江仙·过尊经书院》
109	清	王闿运（1833—1916）	《除夕行成都市遂至洗马池》《少城》《武侯祠荷花》
110	清	张之洞（1837—1909）	《秋夜宿桂湖》《忆蜀游》《人日游草堂寺》
112	清	宁缃（1846—1922）	《幽居寺访鹤山书台拜魏文靖公遗像》
113	清	王懿荣（1845—1900）	《新繁龙藏寺访古》
114	清	骆成骧（1865—1926）	《和青城题壁诗》
115	清	陈韶湘（生卒年不详。活跃于光绪年间）	《蜀宫》
116	清	贺维翰（1876—1948）	《登白鹿顶》《辛亥暮春游丹景山》
117	清	车酉（生卒年不详）	《鱼凫城怀古》
118	清	陈钧（生卒年不详）	《再宿云顶寺》
119	清	王澹秋（生卒年不详）	《蜀藩墓》

续　表

序号	时代	人名（生卒年）	与成都相关的代表作
120	清	孙缵（生卒年不详）	《升仙桥》
121	清	黄俞（生卒年不详）	《都江堰》
122	清	姚骞（生卒年不详）	《桂湖五律十首寄张宜亭》
123	清	李伟生（生卒年不详）	《崇阳道中夜行口号》《过西河场》《过山下人家》《泉水沟春晚》
124	近代	吴芳吉（1896—1932）	《成都》《龙泉山顶远望》
125	近代	赵钟灵（1879—1945）	《晚登东城迎晖楼感怀》
126	近代	卢前（1905—1951）	《别成都》《清江引·新繁二十四字砖》
127	近代	向楚（1877—1961）	《题蜀永陵谥宝拓片》
128	近代	林思进（1874—1953）	《台城路·永陵》《题上清宫花蕊夫人画像》《成都大学移入尊经书院感事题篇》《华西广益院看梅作》
129	近代	谢无量（1884—1964）	《锦江即席》《初游天师洞作》《桂湖中秋》
130	近代	叶圣陶（1894—1988）	《自成都之灌县口占》[1]
131	近代	陈寅恪（1890—1969）	《咏华西坝》
132	近代	尹昌衡（1884—1953）	《望成都行》
133	近代	邵祖平（1898—1969）	《洗墨池传为扬子云著太玄经处》

---

[1] 邓陶钧，《叶圣陶居川时期的旧体诗词创作》，《重庆文理学院学报（社会科学版）》，2010 年 7 月第 29 卷第 4 期。

序号	时代	人名（生卒年）	与成都相关的代表作
134	近代	吴虞（1872—1949）	《谒此度费处士祠》《新繁作》
135	近代	郭沫若（1892—1978）	《题文君井》《水调歌头·访大邑收租院》《题成都川剧学校》
136	近代	于右任（1879—1964）	《题蜀石经拓片》
137	近代	冯玉祥（1882—1948）	《离堆公园》《宝光寺》
138	近代	邓拓（1912—1966）	《题都江堰》
139	近代	罗骏声（1873—1950）	《观都江堰放水》《上清宫》
140	近代	沈尹默（1883—1971）	《留滞成都杂题》
141	近代	赵朴初（1907—2000）	《忆江南·访青城山》
142	近代	黄炎培（1978—1965）	《蜀游百绝句》
143	近代	张大千（1899—1983）	《题画赠青城道士》
144	近代	周钟岳（1876—1955）	《文殊院观藏经》《游青羊宫花会》

表1-1所罗列的是有代表性的诗人和作品，不免挂一漏万，大致可反映出历代诗人在成都进行诗歌创作的情形。据以上不完全统计，来到成都的著名诗人唐代前后有近30位，宋代有30余位，元明时期相对较少，清代则有50余位之多，近代有20余位。云集于成都的诗人囊括了众所周知的诗仙李白、诗圣杜甫，边塞代表诗人高适、岑参，"苦吟诗人"贾岛，"唐代才女"薛涛，与白居易并称"元白"的元稹，与杜牧并称"小李杜"的李商隐，著名的"三苏"父子，王安石的父亲王益，创作《五瘴说》的梅挚，"爱国诗人"陆游，"铁面御史"赵抃，大状元杨慎、大学者曹学佺。至清代名人更是不胜枚举，如张之洞、曾国藩，评点大家金圣叹，文坛领袖王士祯，"清代蜀中三才子"李调元、

张问陶、彭端淑，槐轩学派创始人刘沅，黄侃的父亲黄云鹄，尊经书院山长王闿运等，近代则有郭沫若、陈寅恪、叶圣陶、张大千、赵朴初等。这些诗人名家用诗歌记录下成都历代的风貌，他们在此集会酬唱，在此避难暂住，在此做官游赏，用文笔描绘出天府之国的山川楼宇、人情风物，他们的住宅、行踪、生活痕迹也成为成都宝贵的文化要素，如杜甫草堂、武侯祠、薛涛井、尊经书院等，从而使天府之国的历史文化遗迹在诗人的迎来送往中层累形成。如今，我们不仅可以通过这些诗文名称及诗人经历得知诗人足迹，还可以通过游览成都现存的文化遗迹得知诗人在成都生活的情形。

灿若星辰的诗词名家闪耀在成都的诗文长河里，成就了蜀地别样的风雅韵致，他们彼此之间以诗歌寄赠友人、倾诉心曲，又赋予了这些诗更多的柔情。

第二节　人日题诗寄草堂

成都因独一无二的地理优势，成为不少权贵志士在危难之时的庇护所。唐朝玄宗、僖宗两位帝王先后入蜀，众多诗人、画家、琴师、手工业者也随之来到蜀地，带来了蜀地文化的空前发展和繁荣。如绘画，宋代李之纯在《大圣慈寺画记》中写道："举天下言唐画者，莫如成都之多；就成都较之，莫如大圣慈寺之盛。"大圣慈寺原藏有佛像上千尊，佛经变相百余幅，都是技术精美之作，堪称一绝，代表了唐代绘画技艺的高超成就。又如雕版印刷，据南宋朱翌《猗觉寮杂记》记载："雕印文字，唐以前无之，唐末益州始有墨板。"墨板也就是雕版，唐朝末期最先在成都出现。雕版印刷最早出现在成都，是与成都当时发达的手工业、商业和文化发展相呼应的。1944年在望江公园附近的唐墓出土了一幅刻印精美的《陀罗尼经咒》，上面除刻有佛像外，印本首行还竖镌一行汉字，为"成都府成都县□龙池坊□□□近卞□□印卖咒本□□□"[1]，字迹依稀可辨，据推测是目前国内可见的最早的印刷品。日本僧人来到成都，将印制有"西川印子"标识的书籍漂洋过海带回日本，"西川印子"就是西川刻印本，是对巴蜀印刷出版物的统称。著名学者袁庭栋先生提到，虽印刷术起源地尚有争议，但根据目前我国所发现的8—9世纪早期印刷品，能够确知地点的都是刻印于成都，到宋代即有"宋时蜀刻甲天下"的称誉，由此可知成都雕版印刷的盛况。再如音乐，蜀派古琴有悠久的历史，诗云成都本地"人家多种橘，风土爱弹琴"（张蠙《送友尉蜀中》），古琴的流行与蜀人文雅好乐大有关系。从西汉时司马相如以一曲《凤求凰》博得卓文君的芳心，到李白写下《听蜀僧濬弹琴》"为我一挥手，如听万壑松"，再到青城山道人张孔山整理的《流水》被收录在送往太空的"旅行者金唱片"27首世界名曲中，这些都体现了蜀人对于古琴艺术的热爱和造诣。蜀派古琴在古琴演奏、斫琴技艺、琴师训练等方面一直都是名声在外。唐代蜀中所产生的雷琴便是古琴中不可多得的精品，所谓"唐琴第一推雷公，蜀中九雷独称雄"，就是指雷氏祖孙三代九位斫琴大家，大文豪欧阳修说雷琴"其声清越，如击金石"，雷琴制作精良、音声清扬，尤其以雷威制作的"春雷"号为神品。以上从绘画、印刷、音乐等文艺技法的鼎盛发展中，可见成都浓厚的文化氛围，也就吸引了更多雅士来到成都。他们在特殊的境遇中，于他乡遇故知，即如杜甫与高适、薛涛与元稹、陆游与范成大，都是通过诗歌传达彼此间深厚的情谊，在这些诗歌酬唱中，也展示了古代成都城市生活的片段。

一、杜甫与高适

杜甫大约在唐肃宗乾元二年（759）入蜀，至永泰元年（765）离开，自言"五载客蜀"，是指上元元年、上元二年、宝应元年、广德二年、永泰元年共5年。其中广德元年在梓州（今三台县）。杜甫一生有"致君尧舜上"的宏愿，

---

[1] 中国国家博物馆编，《文物里的古代中国》（中册），中国社会科学出版社2010年版。

但大好仕途却总与他无缘。他35岁科考落第后，两度献赋失败，在长安前后有10年时间穷困潦倒、无人问津，直到44岁才勉强做了个看守兵器、掌管门禁钥匙的小官。正值此时，安史之乱爆发，杜甫被俘拘留在长安，后来他冒险奔赴凤翔（今山西省宝鸡市凤翔县）向肃宗表示忠心，获得一个左拾遗的官职，不久又遭贬官，之后便在48岁时弃官入蜀。在蜀中度过五六年时光，离蜀两年后就离世了。杜甫的生平经历大致就是如此，并没有跻身朝堂成为显贵，没有显赫的社会地位，他的一生与唐朝的兴衰紧密相连，他的诗成为那个动乱社会独特的剪影，也记录下了他的生活与情感。在蜀中，与好友高适等通过诗文互相慰藉，是杜甫诗歌的主要内容之一。

杜甫在入蜀前已与高适相识，并作诗相赠。当他在长安时，高适为河西节度使哥舒翰幕府掌书记，天宝十一年（752），杜甫就因劝哥舒翰休战寄诗高适，其作《送高三十五书记十五韵》云，"峣峒小麦熟，且愿休王师。请公问主将，焉用穷荒为"，峣峒指积石军驻地（即今青海省海南藏族自治州贵德县河阴镇一带），哥舒翰伏兵于此以击吐蕃。杜甫认为天宝年间的动乱多是因为穷兵黩武而造成的，因此作诗给高适，想让其规劝主将哥舒翰息兵。天宝十三年（754），杜甫因高适升迁，又作诗相贺："叹惜高生老，新诗日又多。美名人不及，佳句法如何。主将收才子，峣峒足凯歌。闻君已朱绂，且得慰蹉跎。"（杜甫《寄高三十五书记》）朱绂，指高适左迁为谏议大夫，赐绯衣。天宝十四年（755），哥舒翰入朝，因风疾暂留长安，随行蔡都尉先返回，杜甫作《送蔡希曾都尉还陇右因寄高三十五书记》送别并问候高适。这一年安史之乱爆发，杜甫困在长安。在至德二年（757）才去到凤翔。第二年，乾元元年（758）杜甫稍微安定，即作诗《寄高三十五詹事》："安稳高詹事，兵戈久索居。时来如宦达，岁晚莫情疏。天上多鸿雁，池中足鲤鱼。相看过半百，不寄一行书。"詹事，指高适升迁至太子少詹事，"鸿雁""鲤鱼"都代指书信，最后两句表达出杜甫对高适回寄书信的期盼。从以上这些诗可知，杜甫认识高适后几乎每年都写诗给他，除非战乱流离无法顾及。而高适的回音则要等到乾元二年（759）。

高适于乾元初任彭州刺史，比杜甫先入蜀一年左右。在《寄彭州高三十五使君适虢州岑二十七长史参三十韵》中，杜甫写道：

故人何寂寞，今我独凄凉。

老去才难尽，秋来兴甚长。

物情尤可见，辞客未能忘。

海内知名士，云端各异方。

高岑殊缓步，沈鲍得同行。

意惬关飞动，篇终接混茫。

举天悲富骆，近代惜卢王。

似尔官仍贵，前贤命可伤。

诸侯非弃掷，半刺已翱翔。

诗好几时见，书成无信将。

男儿行处是，客子斗身强。

羁旅推贤圣，沈绵抵咎殃。

三年犹疟疾，一鬼不销亡。

隔日搜脂髓，增寒抱雪霜。

徒然潜隙地，有靦屡鲜妆。

何太龙钟极，于今出处妨。

无钱居帝里，尽室在边疆。

刘表虽遗恨，庞公至死藏。

心微傍鱼鸟，肉瘦怯豺狼。

陇草萧萧白，洮云片片黄。

彭门剑阁外，虢略鼎湖旁。

荆玉簪头冷，巴笺染翰光。

乌麻蒸续晒，丹橘露应尝。

岂异神仙宅，俱兼山水乡。

竹斋烧药灶，花屿读书床。

更得清新否，遥知对属忙。

旧官宁改汉，淳俗本归唐。

济世宜公等，安贫亦士常。

蚩尤终戮辱，胡羯漫猖狂。

会待祆氛静，论文暂裹粮。[1]

　　这首诗写于乾元二年（759）秋，高适为彭州刺史，岑参为虢州长史。杜甫是当年十二月入蜀至成都的。此诗也就是写于入蜀的几个月前，当时杜甫在秦州（今甘肃省天水市）。首四联诗写，故人何尝寂寞，唯有我格外凄凉，虽年老才尽，但秋风乍起之时，不免想起天各一方的故友。下文又写，二位友人高适、岑参，才情如沈约、鲍照，遭遇却似近世的富嘉谟、骆宾王、卢照邻和王勃。"诸侯"，为刺史的古称，"半刺"指长史，"诗好"句意在推崇二位友人，也是自道。"行处是"对应"羁旅"，"斗身强"对应"沈绵"。"疟疾"等句是自述身体欠安不适之状，又叹老态龙钟。"出处"句说无人赏识，"帝里"指长安，"刘表""庞公"句指不轻易依附他人。从"彭门"至"读书床"皆在写彭州、虢州的风物，指友人官居此二州，应惬意怡然，有好文章。最末几句照应"辞客未能忘"，"宁改汉"指刺史，本是汉代设置的官职，诗中暗指高适；"本归唐"指虢州原为尧唐旧封地，暗指岑参。"蚩尤"指安禄山，"胡羯"指史思明。诗

---

[1]　[唐] 杜甫著，[清] 仇兆鳌注，《杜诗详注》第 771-778 页，中华书局 2015 年版。（本书所引《杜诗详注》均为此书，版本不再另注，请参考此处。）

最末"论文暂裹粮"表示期望与友人聚首。这首诗主旨在于赞赏二位友人，也表达了自己的凄凉境遇。

杜甫来到成都的时候，高适还在彭州任上。遥寄《赠杜二拾遗》诗，云：

> 传道招提客，诗书自讨论。佛香时入院，僧饭屡过门。
> 听法还应难，寻经剩欲翻。草玄今已毕，此外复何言。[1]

杜甫刚到成都，寄住浣花溪旁的寺庙，故称为"招提客"，招提即佛寺。佛香、僧饭、听法、寻经都是高适想象杜甫住在寺庙中的日常生活，听佛经、吃斋饭、熏染佛法，高适以扬雄作《太玄》喻杜甫的创作，对其倍加推崇。于是，杜甫作《酬高使君相赠》，云：

> 古寺僧牢落，空房客寓居。故人供禄米，邻舍与园蔬。
> 双树容听法，三车肯载书。草玄吾岂敢，赋或似相如。[2]

这首诗是句句对应高适的赠诗作答，谈到自己不过是寄居在寻常古寺，算不上"招提"的规格；也并没有寻鸿儒讨论诗书，不过是找间空房可以暂住罢了。吃穿用度均靠朋友周济，并非麻烦禅院打理。听法不过寄宿之便，并没有辩难；书籍本也缺乏，并不曾仔细研究。最后说自己不敢仿效扬雄作《太玄》，顶多学司马相如作作赋而已。我们将高适写给杜甫的诗，及杜甫此前写的《寄彭州高三十五使君适虢州岑二十七长史参三十韵》对照看，会发现在写给对方的诗中，不过都是宽慰之词，而杜甫的《酬高使君相赠》又多出一分自嘲与自况，希望得到友人的帮助是杜甫写给高适的诗中不变的内容。二者生前诗歌往

---

[1] ［清］彭定求等编，《全唐诗》卷二百一十四，第2225页，中华书局1960年版。（本书所引《全唐诗》均为此书，版本不再另注，请参考此处。）
[2] 《杜诗详注》第877页。

来、互通音讯，目前所能见到的就此一回。再次诗歌往来已是在高适离世后
（高适在唐代宗永泰元年即765年去世），杜甫在大历五年（770）猛然发现，
高适曾在上元二年（761）人日（农历初七）寄诗给他，但他未曾及时回诗相
赠。高适的诗写道：

> 人日题诗寄草堂，遥怜故人思故乡。
>
> 柳条弄色不忍见，梅花满枝空断肠。
>
> 身在远藩无所预，心怀百忧复千虑。
>
> 今年人日空相忆，明年人日知何处。
>
> 一卧东山三十春，岂知书剑老风尘。
>
> 龙钟还忝二千石，愧尔东西南北人。[1]
>
> （高适《人日寄杜二拾遗》）

此时高适为蜀州（今崇州）刺史，杜甫暂居成都草堂。诗中高适也说出
自己内心多少无奈来，他说身在远离朝廷之处，心中虽有百千忧虑，却无计可
施。空叹此去经年，不知又将身在何处。他羡慕东晋时的谢安，可隐居东山三十
年而复出。或者像项羽那般学书不成就学剑，学制敌之法，也终将有用处。而今
已是老态龙钟，不过是个郡守而已，实在愧对你。"东西南北人"曾是孔子自称，
杜甫用此典也以此自称。高适对杜甫的境遇表达怜惜与理解，又叹自己无力帮助
杜甫而心怀歉疚。时隔九年，杜甫回赠《追酬故高蜀州人日见寄》云：

> 自蒙蜀州人日作，不意清诗久零落。
>
> 今晨散帙眼忽开，迸泪幽吟事如昨。
>
> 呜呼壮士多慷慨，合沓高名动寥廓。
>
> 叹我凄凄求友篇，感时郁郁匡君略。

---

[1]《全唐诗》卷二百一十三，第2218页。

> 锦里春光空烂熳，瑶墀侍臣已冥莫。
>
> 潇湘水国傍鼋鼍，鄠杜秋天失雕鹗。
>
> 东西南北更谁论，白首扁舟病独存。
>
> 遥拱北辰缠寇盗，欲倾东海洗乾坤。
>
> 边塞西羌最充斥，衣冠南渡多崩奔。
>
> 鼓瑟至今悲帝子，曳裾何处觅王门。
>
> 文章曹植波澜阔，服食刘安德业尊。
>
> 长笛邻家乱愁思，昭州词翰与招魂。[1]

　　杜甫回忆起以往那些"凄凄求友篇"，感慨高适生平"匡君"的谋略，想起高适写诗来时正是锦里（即成都）春光烂漫时，而今侍臣（指高适）却已离开人世。下文"东西南北更谁论"是杜甫回应高适寄诗的最末句，说自己不再做"东西南北人"，不过是孤舟上的白发老翁而已。下四句写当时动乱的时局，"寇盗"指叛将外夷，"西羌"指羌戎吐蕃，"衣冠南渡"指当时长安、洛阳的士族百姓纷纷南渡，整个社会都处于内忧外患中。之后即是表达自己远离朝廷，无法实现抱负。末两句以向秀听笛声思念嵇康作比，表达自己对高适的思念。我们从此前杜甫频频寄诗给高适，也可想见他对高适的推崇与期待，友人的离世无疑让杜甫更加清晰地意识到自己的抱负无法实现，由此，字词之间透露出了无尽的悲凉。

　　高适与杜甫这类酬唱赠答的诗都写于蜀中。他们在暂且安定的环境中，互相倾诉着心中的忧患，锦里春光烂漫、柳色正绿、梅花满枝，然而怀揣着政治抱负的两位大诗人却心事重重。这其实是大部分入蜀的文人墨客共同的写照。在成都秀美的山水中，诗人们将无法排解的忧患化作绵绵诗情，使之成为成都诗歌史上，携带着历史风尘、倾注着诗人真挚情感的动人篇章。

---

[1]《杜诗详注》第 2469 页。

二、薛涛与元稹

如果说杜甫与高适之间是肝胆相照、彼此宽慰的患难友情，那么，薛涛与元稹则是另一种感情形态。二人的爱情故事早已成为家喻户晓的内容。才子佳人是古今多少人喜闻乐见的题材，更何况薛涛如此独特、元稹又颇有名气，乱世之中他们在成都相遇、相知、相恋，最终元稹竟然绝情背弃，薛涛一袭道袍度过余生，这些传奇般的爱恨离合，都成为二人诗歌中真切感人的文字。

薛涛，字洪度，本是长安（今西安）人。她的父亲薛郧在长安做官，学识渊博，薛涛从小跟随父亲读书写诗。相传，薛郧在院中乘凉，突然有所领悟，即兴吟诵"庭除一古桐，耸干入云中"，这时在一旁的小薛涛马上就接上"枝迎南北鸟，叶送往来风"。此时她才 8 岁，这两句诗不仅对仗工整、押韵严格，更胜在清新自然兼有潇洒自如的风韵。见诗如见人，由此我们可知薛涛从小就气度不凡。

古来才女无数，能在年幼时就留下佳句、传为美谈的并不多。薛涛的早慧让人不禁想起东晋时出身显赫的谢道韫。宰相谢安在下雪天与晚生后辈讨论用何物比拟飞雪，侄子谢朗说，"撒盐空中差可拟"，侄女谢道韫则说，"未若柳絮因风起"，因比喻精妙而得到众人的赞许，这也是胜在立意。后来人们便用"咏絮之才"称赞有文才的女子，这个词用来形容薛涛正合适。可惜，薛涛之后的人生经历却和谢道韫大相径庭。薛郧因直言不讳得罪权贵，被贬官至四川，薛涛便跟着父亲来到成都。薛涛 14 岁时，薛郧因染上瘴疠去世。后来迫于生计，16 岁的薛涛凭借姿容姣好、精通音律诗赋加入乐籍，也就是成了一名官妓。

薛涛与当时多位来到成都的官员和文人都有交流来往。她是西川节度使的座上宾，也是文坛大家的诗友。诸如白居易、张籍、王建、刘禹锡、杜牧、张祜、雍陶等，这些当时叱咤诗坛的知名人物皆与她有诗文酬唱[1]。白居易作《与薛涛》云："峨眉山势接云霓，欲逐刘郎此路迷。若似剡中容易到，春风犹隔武陵溪。"云霓，指虹。"刘郎"句借用刘晨、阮肇入天台山遇仙的故事，本是刘郎逐仙女，却反说仙女逐刘郎，暗指薛涛属意于元稹。王建作《寄蜀中薛涛校书》云："万里桥边女校书，枇杷花下闭门居。扫眉才子知多少，管领春风总不如。"薛涛曾住在万里桥西的百花潭附近。万里桥是成都著名的古桥，因蜀汉时诸葛亮在此送别费祎，费祎说"万里之行，始于此桥"而得名。"女校书"的由来则与首位钦慕她的节度使韦皋有关。韦皋是将才也是诗人，在宴席间，听薛涛即兴赋诗："乱猿啼处访高唐，路入烟霞草木香。山色未能忘宋玉，水声犹是哭襄王。朝朝夜夜阳台下，为雨为云楚国亡；惆怅庙前多少柳，春来空斗画眉长。"（薛涛《谒巫山庙》）这首诗的格调深远，顿时令韦皋对薛涛另眼相看。韦皋看重薛涛的才华，让她帮着处理些案头事务，并上书请朝廷命薛涛作"校书郎"，但历来只有进士出身的男子有资格担任这个职位，此事便只好作罢，不过"女校书"的称呼就留了下来。薛涛与几任节度使都走得很近，之后的高崇文、武元衡、段文昌、李德裕等十余位人物，都与之有往来。"枇杷花下闭门居"是说薛涛20岁脱去乐籍获得自由身，在居处遍种枇杷。"扫眉才子"指薛涛。"管领春风"一语双关，写薛涛诗情才华分外出众、独领风骚。这位被人簇拥、满身光环的"女校书"也即将迎来人生轨迹的改变。

唐宪宗元和四年（809），元稹以监察御史的身份奉命出使剑南东川。他早就听闻蜀中"女校书"的美名，在梓州曾因缘际会地见到了这位传说中的人物。但写给薛涛的诗要等到长庆元年（821），元稹离开蜀地11年后，此时他已升迁至中书舍人，其《寄赠薛涛》云：

---

[1] 除下文所列白居易、元稹、王建写给薛涛的诗外，其余多位诗人、名宦与薛涛的酬唱往来，都可从薛涛的诗得知，如薛涛作《酬雍秀才贻巴峡图》《和刘宾客玉蕣》《赠苏十三中丞》《送郑眉州》《和郭员外题万里桥》《摩诃池赠萧中丞》《和李书记席上见赠》《酬文使君》《酬李校书》《酬辛员外折花见遗》《续嘉陵驿诗献武相国》《段相国游武担寺，病不能从题寄》《赠韦校书》等，足以见得彼此间诗文赠答的情况。

锦江滑腻峨眉秀，幻出文君与薛涛。

言语巧偷鹦鹉舌，文章分得凤凰毛。

纷纷辞客多停笔，个个公卿欲梦刀。

别后相思隔烟水，菖蒲花发五云高。[1]

　　元稹对薛涛的赞扬是极其直白的，将薛涛与卓文君并提，盛赞薛涛诗情横溢。最末两句以菖蒲、祥云比拟相思，道出因分离而感到煎熬。元稹写得一手好情诗，除了这首表白薛涛的诗，更有一首广为流传的是他为悼念亡妻韦丛而作的诗："曾经沧海难为水，除却巫山不是云。取次花丛懒回顾，半缘修道半缘君。"（元稹《离思五首·其四》）这份忠贞不贰的深情厚谊感动了多少憧憬美好爱情的人，但是元稹无论是对原配妻子韦丛，还是对热恋一时的薛涛，都并没有做到像诗中所写的那样。元稹与薛涛两人本是一见钟情，他们交往的点滴却只记录在了薛涛的诗中。薛涛作《池上双鸟》云：

双栖绿池上，朝暮共飞还。

更忆将雏日，同心莲叶间。[2]

　　这是写同元稹在锦江边双宿双飞的日子。又作《鸳鸯草》云："绿英满香砌，两两鸳鸯小。但娱春日长，不管秋风早。"但好景不长，元和五年（810），元稹被朝廷召回，薛涛就只剩下绵绵无期的思念和等待，其《牡丹》写道：

去春零落暮春时，泪湿红笺怨别离。

常恐便同巫峡散，因何重有武陵期？

传情每向馨香得，不语还应彼此知。

---

[1]《全唐诗》卷四百二十三，第 4651 页。

[2]《全唐诗》卷八百三，第 9036 页。

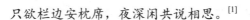

只欲栏边安枕席，夜深闲共说相思。[1]

"泪湿红笺"指的是薛涛特制的红色小笺，即"薛涛笺"。"巫峡散"指宋玉《高唐赋》中楚襄王会神女之事，诗中以嗔怨的口气说，时常担心这离别即如楚襄王与巫山神女的梦中幽会一般，再也不可相见，而为何又有如武陵渔人误入桃花源般的相遇，我只可将这相思向牡丹倾诉，暗香不语却能懂得我的深情。薛涛遇到元稹时已经 42 岁，当时元稹恰好 30 岁，正是仕途上进、意气风发之时。薛涛钟情于元稹，而元稹却更看重仕途经济。这场本来即如桃花源般的相识相恋，真的也不过是巫山之会而已。薛涛在《寄旧诗与元微之》中写道：

> 诗篇调态人皆有，细腻风光我独知。
> 月下咏花怜暗澹，雨朝题柳为欹垂。
> 长教碧玉藏深处，总向红笺写自随。
> 老大不能收拾得，与君开似教男儿。[2]

这首诗或是在元稹作（《寄赠薛涛》）后，薛涛回赠元稹的。关于旧诗，有不同说法，一种说法认为"旧诗"就是指上文这首诗，还有一种说法认为"旧诗"指的是薛涛之前所作的其他诗。首联两句说每个人都有自己的诗歌风格，而"细腻"是我与众不同之处。下文就说何为"细腻"，如月下咏花是因为我怜爱其昏暗中隐约可见的样子，描绘下雨清晨柳枝低垂是因为爱其在细雨中柔软的姿态，这就是"细腻"。又说我将这份细腻深藏，只是将自己的感想随意写在红笺上。最末说我如今已近年老，这些旧诗无法好好地进行整理，寄给你请代为整理，再交给众位诗友看吧。

薛涛的诗情通过同时代众位诗人的称赞也能得知，她创作的诗作有 500 余

---

[1]《全唐诗》卷八百三，第 9037 页。
[2]《全唐诗》卷八百三，第 9045 页。

首之多，今仅存 90 余首，大部分是她在成都与高官名士酬唱赠答的诗，这些诗勾勒出当时成都文士与才女之间的风流韵事，也侧面反映出唐代成都特有的诗意与风雅。

三、陆游与范成大

在入蜀的多位诗人、官员中，仅有陆游在诗中称"吾蜀"，将成都作为他的第二故乡。陆游，字务观，号放翁，浙江绍兴人。他出生在北宋灭亡之时，南宋孝宗即位后，赐进士出身，做过福州宁德县主簿、隆兴府通判等职务，后来因坚持抗金，遭到朝中主和派的打压。陆游赋闲 4 年后，乾道五年（1169），朝廷任命他为夔州通判，他偕家人入蜀，记录沿途风光，写下了《入蜀记》。乾道七年（1171），受四川宣抚使王炎的邀请，任职南郑（今陕西汉中市）幕府。陆游作《平戎策》，提出驱逐金人、收复中原的计划，然而朝廷并不支持，于当年 10 月将王炎调回京，陆游 8 个月的军旅生活就此告终。乾道八年（1172），陆游 47 岁，被任命为成都府路安抚司参议官，第二年又改蜀州通判（蜀州今崇州），同年 5 月又改任嘉州通判（嘉州今乐山）。淳熙元年（1174），又被调回蜀州。他在蜀州任上，考察风土人情，主持州考、阅兵等，做了很多惠民利国的政事。

范成大是在淳熙二年（1175）从桂林调到成都的，担任四川制置使，知成都府。范成大与陆游在入蜀之前就已是多年好友，范成大举荐陆游做锦城参议，他们在蜀中彼此扶持，以诗交心，情谊深厚。淳熙三年（1176），朝中主和派以陆游"不拘礼法，恃酒颓放"为由施压，范成大不得不免去陆游的职务，让他去管理台州桐柏山崇道观。之后范成大还曾举荐陆游任职嘉州都无果而终。淳熙四年（1177），范成大奉召返回京城，陆游相送至眉州（今眉山），此时依然不忘请好友回朝后，继续说服皇帝出兵抗金、收复中原。淳熙五年（1178），陆游被调往福州，这才离开蜀地。陆游在川陕两地前后度过 9 年时光，大部分时间是在蜀中。他满怀着要抗击金人、收复中原的爱国梦想，一生都在践行着这个不变的主张，因此在结束南郑幕府 8 个月的军旅生活时，他的内心是无比怅惘的。加之朝中主和派势力更大，他的主张不被采用，不断遭到排挤。还好有蜀中秀丽的山川；还好有蜀中鲜香可口的美食。更幸运的是，陆游在蜀中遇到了知己范成大。

陆游与范成大年龄相当，又都是出生在江浙一带，他们二人与杨万里、尤袤合称为南宋"中兴四大诗人"，以能写出有实质内容、表达真实情感、具有诗歌意境韵致的作品而著称，代表了宋诗的第二个繁荣时期。在诗歌创作上，范、陆本就是互相欣赏的友人，古有"家剑南而户石湖"的说法，指的就是家家户户收藏有陆游与范成大的诗歌集子，可见二人影响之大。在政治观念上，他们也有相近的主张。范成大曾以资政殿大学士的身份出使金国，他不卑不亢、不畏强权，改变金国接受诏书的傲慢态度，并索取北宋诸帝陵寝之地，最终不辱使命，全节而归。陆游则一直主张抗金，作《平戎策》等向皇帝谏言。在范成大主持蜀中事务时，陆游被任命为参议官，参与军事谋划等事务。陆游与范成大两人的情谊便像是"高山流水遇知音"。

陆游在绍兴三十一年（1161）左右就结识了范成大，当时范成大 35 岁，陆游 36 岁。隆兴元年（1163），范成大与陆游一同在朝做官。后来陆游被贬，范成大作诗勉励宽慰，云："宝马天街路，烟篷海浦心。非关爱京口，自是忆山阴。"（范成大《送陆务观编修监镇江郡归会稽待阙其一》），陆游是山阴人。诗中写出了范成大与陆游即将分离两地的不舍。在蜀中，二人终于再次相见。他们一起欣赏成都极负盛名的海棠，成为他们诗歌酬唱的名篇。淳熙三年（1176），范成大组织文士诗友一同观赏海棠，地址就选在成都西园锦亭，范成大的《锦亭然烛观海棠》写道："银烛光中万绮霞，醉红堆上缺蟾斜。从今胜绝西园夜，压尽锦官城里花。"[1]"蟾"指月亮，"斜"即斜影，"锦官"指成都城，范成大盛赞西园的海棠是这成都城里最惊艳的花，是万般烛光中堆叠的绮霞。

---

[1]［宋］范成大著，富寿荪标校，《范石湖集》第 234 页，上海古籍出版社 2006 年版。（本书所引范成大诗均出自此书，版本不再另注，请参考此处。）

在这次聚会中，陆游作《锦亭》诗云：

> 天公为我齿颊计，遣饫黄甘与丹荔；
> 又怜狂眼老更狂，令看广陵芍药蜀海棠。
> 周行万里逐所乐，天公于我元不薄。
> 贵人不出长安城，宝带华缨真汝缚。
> 乐哉今从石湖公，大度不计聋丞聋。
> 夜宴新亭海棠底，红云倒吸玻璃钟。
> 琵琶弦繁腰鼓急，盘凤舞衫香雾湿。
> 春醪凸盏烛光摇，素月中天花影立。
> 游人如云环玉帐，诗未落纸先传唱。
> 此邦句律方一新，凤阁舍人今有样。[1]

陆游在诗的前段写能在蜀中相聚，于乱世中在好友的邀请下欣赏海棠，真是天公待我不薄啊。接着写夜宴的热闹，"石湖公"即范成大；"聋丞"典故出自《汉书·循吏列传·黄霸》，黄霸说许丞虽老，有病又聋，但依然可以辅佐事务，后来便用来指地方副佐。"聋丞"是陆游自称，以感谢范成大的知遇与理解。之后笔锋一转，陆游写夜色下的海棠就像倒吸了红色云霞的玻璃钟，席间音乐齐发、舞蹈齐作，烛光摇曳之中春酒正斟了个满杯，皎洁的月光剪出海棠花影，暗香浮动，游人如织，诗还没落笔写成，就已在大家口中传唱开来。末句"凤阁舍人"亦指范成大。诗最末两句既是感叹范成大所作的诗带来蜀地诗歌创作的新变化，也指范公政绩清明、如今治理蜀地也将带来此地文化的发展。这是陆游借赏海棠向范成大表达的肺腑之言和感激之情。

陆游与范成大情感深厚，除宴席之间的酬唱外，更见于当范成大因病想隐

---

[1] [宋]陆游著，钱仲联校注，《剑南诗稿校注》第548页，上海古籍出版社1985年版。（本书所引陆游诗均出自此书，版本不再另注，请参考此处。）

居山林时，陆游尽心地帮其纾解。范成大作诗云：

> 复幕重帘苦见遮，暮占栖雀晓占鸦。
>
> 残灯煮药看成老，细雨鸣鸠过尽花。
>
> 心为蛊衰元自化，发从无病已先华。
>
> 更蒙厉鬼相提唱，此去山林属当家。[1]

这年是南宋宋孝宗淳熙四年（1177），范成大即将返京。从诗里很直白地传达了范成大内心的灰冷。他因病深居，只见重帘叠幕，不见天日。灯是残灯，即如病体，罐中熬着的是药，身体也在煎熬，于是他丧气地说，这颗心已经早衰、元气早就大伤，头发从还未生病时就已花白，冥冥之中似乎能听到厉鬼的召唤，可能这副躯壳要回归山林才能安定。

诗中似乎每个字句都在诉说着范成大的痛苦。作为好友的陆游，看到这首诗，便写下：

> 岁月如奔不可遮，即今杨柳已藏鸦。
>
> 客中常欠尊中酒，马上时看檐上花。
>
> 末路凄凉老巴蜀，少年豪举动京华。
>
> 天魔久矣先成佛，多病维摩尚在家。[2]

陆游诗中每一句都是对应范成大的上一首，当范成大叹息病中岁月长，陆游就宽慰说岁月如白驹过隙，你看杨柳已长得十分茂盛都可以藏鸦了。当范成大叹息每天相伴的都是残灯、苦药，看到的是细雨打落花瓣时，陆游便说等你好起来，还要讨你的好酒喝，等你好了我们骑着马去看花。

---

[1]《范石湖集·二月二十七日病后始能扶头》第243页。
[2]《剑南诗稿校注·和范舍人书怀》第639页。

当范成大感叹年华早逝，陆游便说此时虽已步入老年，但你年轻时的豪举也曾震动京城。最后针对范成大所云"厉鬼""此去山林"，说那些厉鬼早就修炼成了佛，当年维摩诘也是称病养在家，最终修成真佛，意在鼓励范成大摈弃杂念，不能自暴自弃，等养好病后去实现自己的政治抱负。陆游作诗激励范成大，又见回赠范成大所作的《枕上》诗：

> 一枕经春似宿酲，三衾投晓尚凄清。
> 残更未尽鸦先起，虚幌无声鼠自惊。
> 久病厌闻铜鼎沸，不眠惟望纸窗明。
> 摧颓岂是功名具，烧药炉边过此生。[1]

这首诗表达的意思和范成大《二月二十七日病后始能扶头》很接近，"久病厌闻铜鼎沸，不眠惟望纸窗明"透露出的也是心灰意冷的状态，陆游总是会及时给予理解和安慰，作《和范舍人病后二诗末章兼呈张正字》云：

> 放衙元不为春酲，澹荡江天气未清。
> 欲赏园花先梦到，忽闻檐雨定心惊。
> 香云不动熏笼暖，蜡泪成堆斗帐明。
> 关陇宿兵胡未灭，祝公垂意在尊生。[2]

可见，陆游心中永远坚持着收复中原的信念。所以，即使范成大再三表达出归隐之意，陆游依然热度不减地关心着这位朋友，此诗末两句已经有些要摇醒范成大的意思了。在这来回的诗文里，陆游与范成大在成都的日子在互相宽慰、勉励中流逝着。

---

[1]《范石湖集》第45页。
[2]《剑南诗稿校注》第640页。

之后范成大受召还京，陆游一路相送到眉州，途中作《新津小宴之明日，欲游修觉寺，以雨不果，呈范舍人》，"风雨长亭话别离，忍看清泪湿燕脂"表达难以分别之情；作《送范舍人还朝》，"因公并寄千万意，早为神州清虏尘"提到收复中原的夙愿。范成大也作《次韵陆务观编修新津遇雨，不得登修觉山，径过眉州三绝》《次韵陆务观慈姥岩酌别二绝》《余与陆务观自圣政所分袂，每别辄五年，离合又常以六月，似有数者。中岩送别，至挥泪失声，留此为赠》等诗相和。

其中《次韵陆务观慈姥岩酌别二绝》说：

其一

送我弥旬未忍回，可怜萧索把离杯。

不辞更宿中岩下，投老馀年岂再来。

其二

明朝真是送人行，从此关山隔故情。

道义不磨双鲤在，蜀江流水贯吴城。[1]

从范成大所回的这两首七言绝句，可知陆游送别，接连半月的时间都还没返回，最终到了分别之际，只能极不情愿地端起酒杯。第二首中，范成大安慰彼此，虽然青山阻隔，但还可互通书信，蜀江的水最终也将流到吴城（吴城指苏州），彼此并不会完全断了音讯。从这些字眼中足见两人感情深厚。

南宋绍熙四年（1193），范成大离世，陆游在极度悲伤中写下《范参政挽词》《梦范参政》等诗，"速死从公尚何憾，眼中宁复见此杰！青灯耿耿山雨寒，援笔诗成心欲裂"[2]，陆游的每一字都在传达着好友离世他心如刀割、无法排解的悲伤，烛光清冷、山雨送寒，而平生可聊说胸怀抱负的人已经不复存在了。

[1]《范石湖集》第253页。

[2]《剑南诗稿校注》第2062页。

那些曾经相劝的诗词还仿佛昨日，陆游在淳熙二年（1175）范成大刚调来成都时，就对这位老友发过牢骚，其《双头莲·呈范至能待制》云：

> 华鬓星星，惊壮志成虚，此身如寄。萧条病骥，向暗里消尽，当年豪气。梦断故国山川，隔重重烟水。身万里，旧社凋零，青门俊游谁记？
>
> 尽道锦里繁华，叹官闲昼永，柴荆添睡。清愁自醉，念此际付与，何人心事。纵有楚柁吴樯，知何时东逝？空怅望，鲙美菰香，秋风又起。[1]

这首词表达了自己年华逝去、壮志成空的无奈与惆怅，以及在蜀中客居，远离朝廷，无法实现平生抱负的寂寞与苦闷。此时范成大刚走马上任，尚无明显作为，没有积极地表示出愿同挑重任、北定中原的意思，故陆游说"锦里繁华"，却又"叹官闲昼永"，以"念此际付与，何人心事"暗讽友人。陆游与范成大在成都的这段时间，二人皆因远处西南而有过灰心丧气的时刻，但彼此又是对方的精神支撑，他们在成都期间的诗文唱和，多是关于年华易逝、壮志未酬的慨叹，多是彼此相慰藉鼓励；也有描写蜀中风物、诗酒聚会等，通过这些诗，向我们侧面展现的是在中原动荡、金兵肆虐的南宋时期，成都相对安定与繁荣，于是才有"锦里繁华"，才有"花时万人乐处"（陆游《汉宫春·初自南郑来成都作》），才有"丝竹常闻静夜声"（陆游《成都书事二首·其二》）。有了这些从历史的烟尘中积累下来的、书写人生况味的诗词，才足以见得成都诗意风雅的厚重与独特。

---

[1]［宋］陆游著，夏承焘，吴熊和笺注，《放翁诗编年笺注》第62页，上海古籍出版社2017年版。

第三节 《竹枝》歌罢夜何其

四川是竹枝词的发源地，据说这与成都日常生活中竹子随处可见有一定关系[1]。竹枝词是民间诗歌样式，有学者称为"民谣"或"民歌"。竹枝词语言风格简洁明了，并不严格遵循古诗的声韵规律，内容也多是市民生活的真实记录。清代成都竹枝词的流行与空前繁荣是成都充满诗意的又一说明。

正如王笛先生谈到，"在 19 世纪，精英阶层通常认为竹枝词只是表达幽默感的一种方式，因而并没有将其视为严肃文学的一种。但无论如何，他们因此创作并留下了大量的竹枝词。"[2] 竹枝词创作的高峰期在 19 世纪前后，但竹枝词的产生要追溯到唐朝。[3] 唐宪宗时，刘禹锡被贬为朗州司马，朗州与夜郎等地相近，夜郎为西南地区少数民族聚集地，有喜好祝祷巫鬼的风俗，歌《竹枝》，刘禹锡于是根据声律作《竹枝辞》十余篇，便极大地促进了《竹枝》从民间歌谣走向文人创作。竹枝词因贴近地方民风民俗，形式较自由，民间或文人都有创作。成都的竹枝词创作很兴盛，以下是《成都竹枝词》[4]中收录的大致情况，如表 1-2 所示。

---

[1] 王笛，《城市之韵：19 世纪竹枝词里的成都日常生活》，《社会科学战线》，2019 年第 5 期。

[2] 同注释 [1]。

[3] 任半塘先生提到，《竹枝》"本调原生长民间，其始必亦充盛唐以前"。(《竹枝考》，见于《成都竹枝词》卷首，四川人民出版社 1982 年版。)

[4] ［清］杨燮等著，林孔翼辑录，《成都竹枝词》，四川人民出版社 1982 年版。(本书所引竹枝词均出自此书，版本不再另注，请参考此处。)

表 1-2　成都竹枝词代表词人及作品

序号	人名（简介）	作品
1	杨燮［别号六对山人，成都人，嘉庆六年（1801）举人］	《锦城竹枝词》100 余首
2	定晋岩樵叟（生平不详，清代人，大约生活在 19 世纪初，寓居成都二十载）	《成都竹枝词》30 首
3	吴好山（1797—1876，字云峰，彭县人）	《南楼夜月》《成都花市》《成都竹枝辞》95 首
4	筱廷（生平不详，晚清诗人）	《成都年景竹枝词》
5	冯家吉（生平不详，清末诗人）	《锦城竹枝词》100 首
6	刘师亮（1876—1939，字云川，内江人）	《成都青羊宫花市竹枝词》30 首、《续青羊宫花市竹枝词》70 首、《成都竹枝词》49 首、《成都竹枝词》（补佚）28 首、《新生活竹枝词》9 首、《新式美人竹枝词》6 首、《姑姑筵竹枝词》12 首，共计 204 首
7	尉方山［成都人，嘉庆十三年（1808）举人］	《锦城竹枝词》
8	彭懋琪（成都人，活跃于嘉庆年间）	《锦城竹枝词》4 首
9	张懋畿［成都人，咸丰十一年（1861）贡生］	《竹枝词》
10	刘沅［1767—1855，双流人，字止唐，乾隆五十七年（1794）中举］	《蜀中新年竹枝词》31 首

序号	人名（简介）	作品
11	王再咸〔温江人，字泽山，咸丰二年（1852）举人〕	《成都竹枝词》11 首
12	王光裕（号问山，郫县举人，活跃在道光、咸丰年间）	《竹枝词》2 首
13	吴德纯（别号雪溪居士，同治、光绪年间人）	《锦城新年竹枝》14 首
14	岳凌云（号小山），清南江贡生，擅工诗，隐居七星山下，自号七星山人	《春日锦江杂咏仿竹枝体》3 首
15	冯骧（1865—1932，华阳人，活跃在同治、光绪年间）	《江楼竹枝词》12 首
16	冯誉骢（1858—1930，字雨樵，什邡人）	《观灯竹枝词》2 首
17	冯誉骧（冯誉骢弟，字芗甫，清光绪年间举人）	《药王庙竹枝词》10 首，《锦城元夜竹枝词》6 首
18	方旭（1851—1936，字鹤斋，桐城人，清末为四川督学，寓蜀数十年）	《花会竹枝词》12 首
19	赵熙（1867—1948，字尧生，四川荣县人，蜀中"五老七贤"之一，世称"晚清第一词人"）	《下里词送杨使君之蜀》30 首
20	盛世英（字伟人，成都人，活跃在同治、光绪年间）	《学堂竹枝词》
21	方于彬（1878—1938，字颉云，简阳人）	《江楼竹枝词》8 首、《乙卯（1915）端阳竹枝词》10 首

续 表

序号	人名（简介）	作品
22	宋辅仁（1864—1916，宋育仁弟，富顺人）	《新年竹枝词四咏》
23	胡国甫（字惺伯，名山人，清代诗人）	《悼蔡会竹枝词》12 首、《丁巳（1917）成都纪乱竹枝词》20 首
24	邢锦生（字丽江，清末人）	《锦城竹枝词钞》20 首、《花市竹枝词》2 首
25	陈宗和（1867—1928，字惠卿，金堂人）	《青羊宫花会竹枝词》30 首
26	殷梦楼（1891—？）	《成都竹枝词》4 首
27	陈宽（清末人，晚年居成都）	《辛亥（1911）花市竹枝词》8 首、《四九竹枝词》（指廿九、廿四两军成都巷战）11 首
28	黄炎培（1878—1965，字任之，江苏川沙人）	《蜀游百绝句》17 首

　　这是根据《成都竹枝词》，将活跃在 19 世纪的作者及其作品做大致罗列，据不完全统计，可以很清晰地了解到当时竹枝词的创作盛况。这些作者当中，有举人、贡生，也有民间文人；有本地人，也有寓居在此的外地人；描写的题材中，有岁时节庆、有人物景观、有风俗俚语、有社会现状，将 19 世纪至 20 世纪成都的各色人物、各处景观、各类集市、各种习俗都生动形象地展现在读者面前。如写"游百病"的风俗：

　　　　为游百病走周遭，约束簪裙总取牢。

　　　　偏有凤鞋端瘦极，不扶也上女墙高。

　　　　　　　　　　　　　　　　　（杨燮《锦城竹枝词》）

诗下有三峨樵子注："正月十六，城上城下，妇女遍游，号曰游百病"[1]，杨燮所写语言简练明白，场景也风趣机智。再如写景观：

> "石马巷"中存石马，"青羊宫"里有青羊。
> "青羊宫"里休题句，隔壁诗人旧"草堂"。
>
> （杨燮《锦城竹枝词》）

将成都著名的三处景观巧妙地通过名称中的相同处、地理位置的相近关系联系起来。写书院：

> "锦江院"与"芙蓉院"，多少文人考课勤。
> 若论武功前辈有，府传岳李两将军。
>
> （杨燮《锦城竹枝词》）

"锦江院"指锦江书院，"芙蓉院"指芙蓉书院，两座书院一个在南、一个在北。"岳将军"指岳钟琪，"李将军"指李芳述。写饮食：

> 苏州馆卖好馄饨，各样点心供晚飱。
> 烧鸭烧鸡烧鸽子，"兴龙庵"左如云屯。
>
> （定晋岩樵叟《成都竹枝词》）

写出了当时的名店名吃，又如写风土人情：

> 春罗衫子凤头鞋，借踏青名一遣怀。
> 惹得菜花裙脚满，阴将绣帕背人揩。
>
> （吴好山《成都竹枝辞》）

---

[1]《成都竹枝词》第37页。

辞中描绘了精心打扮去踏青的少女，却不料菜花沾满裙脚，怕影响美观，赶紧悄悄地背着人拿绣花帕子揩掉。"背人揩"尤其传神地将少女情怀描绘出来。竹枝词因语言灵活，善于打趣，末尾处往往有峰回路转的效果，因此很受大众欢迎，这也是其源于民间的活力。再如写人物：

> 胡海山原测字清，赵飞鹏算命果精。
>
> 两人声价无人比，冷淡江西刘汉平。
>
> 说书大半爱吴暹，善拍京腔会打趑。
>
> 一日唱来闲半日，青蚨一串尚嫌廉。

（定晋岩樵叟《成都竹枝词》）

写了测字的胡海山，算命的赵飞鹏，说书的吴暹，还有不被看好的刘汉平。"青蚨"，传说中的虫子，比喻钱。诗中通过要价来刻画人物形象，直观生动，老百姓一读就能知道孰优孰劣。这就是竹枝词的独特魅力，语言犀利风趣、节奏明快，是普通大众喜闻乐见的形式。定晋岩樵叟就说："《竹枝》歌罢夜何其，布被蒙头细想之。风土人情皆纪实，任他笑骂是歪诗。"一语道破其精髓，《竹枝》记录风土人情，城市里的任何人、事、物都是题材，都是诗。

成都的诗意记录在诗人的诗里，刻印在书籍中，也流淌在街头巷尾。如今成都的街巷，名人故居，学校周边大都以文化墙、诗人塑像、诗词走廊等形式，将与此相关的历史、人文、诗词展示出来，如杜甫草堂，就已俨然是一座杜诗公园，随处可见名句、名篇。杜甫草堂正门两侧悬挂的对联"万里桥西宅，百花潭北庄"，就出自杜诗《怀锦水居止二首》，"花径"取自杜诗《客至》："花径不曾缘客扫，蓬门今始为君开"；"一览亭"取自杜诗《望岳》："会当凌绝顶，一览众山小"等；还有历代名人将对杜甫的评价写成楹联，如清人吴棠借用杜诗写的"吏情更觉沧州远，诗卷长留天地间"[1]，民国时顾复初写的"异代不同时，问如

---

[1] 丁浩，周维扬编著，《杜甫草堂匾联》第9页，天地出版社2009年版。

此江山龙蟠虎卧几诗客；先生亦流寓，有长留天地月白风清一草堂"[1] 等。又如武侯祠、望江楼、薛涛井等，历史人文景观触发着人们久远的记忆，那些大众已经最熟悉的诗词会在游览的时候浮现在脑海中，这便是成都历久弥新、生生不息的诗意。

---

[1] 丁浩，周维扬编著，《杜甫草堂匾联》第 19 页，天地出版社 2009 年版。

第二章
优雅成都

　　"和我在成都的街头走一走，直到所有的灯都熄灭了也不停留"，歌手赵雷一曲《成都》唱响了大江南北，那句"走到玉林路的尽头，坐在小酒馆的门口"不知令多少他乡人心神向往。成都，在绿水青山之间创造了多个举世瞩目的成就，丰富的物产资源造就了这座城市大度从容的气质，古往今来成都历史文化中的各色人物在此优雅地生活着。悲欢离合的人情、柴米油盐的人生都在这座城市里悄然留下印记，从记录这些点点滴滴的诗词中，我们可以看见成都一直以来的生活美学。

第一节　女郎剪下鸳鸯锦

　　"女郎剪下鸳鸯锦，将向中流匹晚霞"（《浪淘沙》），是当年唐朝大诗人刘禹锡踱步到江边，见有女子在江中漂洗蜀锦，描绘织锦女郎在江中濯锦的美丽景象。鸳鸯锦是古代绣有鸳鸯图案的锦缎织品，"锦江"因最适宜濯锦而得名。秦汉时期，蜀锦产量空前增大，朝廷在成都锦江南岸区域建锦官城，专门监管蜀锦的织造买卖等，成都因此有"锦城""锦官城"的别称。

　　蜀锦织造在成都历史上是辉煌的，曾经是成都经济发展的主要支撑。刘备当年"联吴抗魏"用的就是蜀锦去拉拢孙吴；诸葛亮在蜀地大力推广养蚕织锦，将蜀锦作为军费储备物资。

　　从两汉到三国，蜀锦在国内高级丝绸品中遥遥领先，成为中国优质丝绸品的代言。当时，成都已成为中国最大的以蜀锦为主的丝绸生产中心。蜀锦因弥足珍贵、价值连城一度是王室贡品，史载，唐中宗最心爱的安乐公主出嫁，成都进贡"单丝碧罗笼裙"，这条裙子的独特之处在于是用细薄透明的单丝罗制成的，裙上的图案是用细如发丝的金线织出花鸟图案，鸟仅黄米大小，但眼睛鼻子嘴巴都清晰可见[1]，可谓巧夺天工。天宝年间，西川进贡五色丝线织成的背子，唐玄宗爱不释手，但因织造花费过多人力、物力，便不许再贡[2]。蜀锦织造技艺高超，图案花纹翻新出奇，质地上乘。今日蜀锦博物馆里，我们依然可

---

[1]　[明]曹学佺，[五代]马缟撰，《蜀中广记》卷六十七《方物记》："安乐公主出降武延秀，蜀川献单丝碧罗笼裙，缕金为花鸟，细如丝发，鸟子大仅黍米，眼鼻嘴甲俱成，明目者方见之。"

[2]　《中华古今注》记载："天宝年中，西川贡五色织成背子，玄宗诏曰：观此一服，费用百金，其往金玉珍异并不许贡。"背子又称褙子，直领对襟，从腋下起不缝合，罩在其他衣服外穿。

以通过专业演示看到在经线、纬线之间梭子来回穿梭的织造技艺，一来一去之间，织造的是古今成都绚烂优雅的生活美学。

在诗词中，我们可以看到蜀锦引领着成都的时尚潮流，也可以看到隐藏在这背后的各色人生。晚唐诗人郑谷作《锦（二首）》，其一云：

> 布素豪家定不看，若无文彩入时难。
> 红迷天子帆边日，紫夺星郎帐外兰。
> 春水濯来云雁活，夜机挑处雨灯寒。
> 舞衣转转求新样，不问流离桑柘残。[1]

这首诗大约写于中和四年（884），郑谷当时在蜀中避乱。诗中写唐朝末期成都的豪门士族看不上素色粗布，没有文彩则入不了法眼。"天子帆"指隋炀帝，出自颜师古《大业拾遗记》载炀帝幸江都："至汴，帝御龙舟，萧妃乘凤舸，锦帆彩缆，穷极侈靡。"[2] 当年隋炀帝和宠妃萧氏巡幸开封，隋炀帝乘龙舟、萧妃乘凤舸，都是用锦缎作帆，极度奢靡。"星郎帐"化用《后汉书·药崧传》的典故，星郎指郎官。汉代尚书郎入值台中，公家提供锦被、锦帐等，之后便以"锦帐郎""锦帐"称郎官。此诗用天子的锦帆、郎官的锦帐作对比，形容蜀锦的色彩远远胜过这两类珍贵的锦缎，以此盛赞蜀锦做工精美、无比珍贵。第三联先写蜀锦一经锦江濯洗，那织成的云雁便栩栩如生；接下来却笔锋一转，写这"美"的不易，雨夜里织女挑灯织锦，豪门士族却只关注舞娘的舞衣不断换着新式样，根本不过问因战争而桑树凋残，桑农、织女的疾苦就更无人问津。郑谷这首诗全面展现了蜀锦繁华背后的社会现实，能消费蜀锦的毕竟只有少部分人，生产蜀锦却是蜀中的大部分百姓。郑谷另一首《锦》，写道：

---

[1]［唐］郑谷著，赵昌平等笺注，《郑谷诗集编年笺注》第 279 页，上海古籍出版社 2009 年版。
[2] 鲁迅校录，王中立译注，《唐宋传奇集》第 318 页，天津古籍出版社 2002 年版。

> 文君手里曙霞生，美号仍闻借蜀城。
>
> 夺得始知袍更贵，著归方觉昼偏荣。
>
> 宫花颜色开时丽，池雁毛衣浴后明。
>
> 礼部郎官人所重，省中别占好窠名。[1]

文君制锦，手里如烟霞绚烂；"美号"指锦官城，成都因蜀锦织造而有"锦城"之称。"夺得始知袍更贵"，指宋之问作诗夺冠得锦袍之事。武则天曾在洛阳龙门香山寺举行诗词大会，当朝有名的诗人都纷纷献上佳作，一轮评比之后，本判定左史东方虬为最佳，赐予锦袍。谁知之后交稿的宋之问更胜一筹，最终只好命上官婉儿将锦袍从东方虬手里收回，赏赐给了宋之问。"著归"指衣锦还乡。"宫花""池雁"都是蜀锦上织的图案，在濯洗之后分外鲜丽，恍若新生。尾联"礼部"掌管国家教育、科举考试及外交事务，在唐代，人们称礼部郎官为"瑞锦窠"。"省"指尚书省，分为六部，礼部为其一。因此，郑谷便说郎官有被赐锦帐的殊荣，为世人所重，故而在尚书六部之中特有如此文雅的别称。

蜀锦不仅是成都豪门士族的时尚单品，也是全国各地有权势的人争相拥有的奢侈品。蜀锦代表着成都精湛的织造工艺以及高超的设计理念，而在这背后是成都百姓养蚕植桑的不易和织锦女工的辛劳。晚唐诗人温庭筠在《锦城曲》中写道：

> 蜀中攒黛留晴雪，簝笋蕨芽萦九折。
>
> 江风吹巧剪霞绡，花上千枝杜鹃血。
>
> 杜鹃飞入岩下丛，夜叫思归山月中。
>
> 巴水漾情情不尽，文君织得春机红。
>
> 怨魄未归芳草死，江头学种相思子。
>
> 树成寄与望乡人，白帝荒城五千里。[2]

---

[1] ［唐］郑谷著，赵昌平等笺注，《郑谷诗集编年笺注》第279页，上海古籍出版社2009年版。
[2] ［唐］温庭筠著，刘学锴校注，《温庭筠全集校注》第16页，三晋出版社2016年版。

　　"攒黛"指丛山，"篸笋"指篸竹笋。"霞绡"指像薄绸般的红霞。蜀中青山万重，篸笋、蕨芽悄然抽出嫩芽，还能看见远处山顶常年积雪的寒光。江风吹动着精美的锦，就如同飘动着的刚从天上剪下的彩霞。锦缎上织成的花纹，就像满山盛开的杜鹃花，仿佛还在诉说着那千百年来的杜鹃啼血传说。

　　杜鹃飞入山中，夜夜悲啼"不如归去"，啼声和着荡漾的江水，让濯锦的女郎勾起种种情思，当年才女卓文君也善于织锦，却因衷情错付被冷落遗弃。最末两联，用怨女思夫化为红豆之典，相传古时有位男子出征而命丧边疆，他的妻子因太思念丈夫，在树下哀伤而死，化为红豆，人们便称红豆为"相思子"。温庭筠以此形容织女离乡背井、思念亲人，那种化不开的无力的哀伤，只好用这株相思树寄托思念。蜀山攒黛、荒城五千，在织女最终悲叹之际，我们仿佛又听到了空山之中那声悲凉的"不如归去"。一首《锦城曲》道出了蜀锦背后织女的辛酸，那灵动的花纹、亮丽的色彩、上乘的质感，都凝结着蜀中无数蚕农和织女的心血。

　　蜀锦代表着蜀地手工业的发达水平。1995 年，在新疆和田古墓出土的汉代"五星出东方利中国"织锦，为国家一级文物，被誉为 20 世纪中国考古学最伟大的发现之一。这幅织锦长 18.5 厘米，宽 12.5 厘米，织有云气纹、鸟兽、辟邪和代表日月的红白圆形纹，不仅织锦技艺高超，且图案花纹蕴含着丰富的内涵，即如"五星汇聚"的奇观在古人思维中是利于国家的祥瑞，绘制"五星出东方利中国"是设计制造者期望朝廷出兵南羌能获胜。这块不大的汉锦正是汉代蜀锦织造的代表，它体现出超乎当时的工艺水平和来自久远时代的神秘追求。除此之外，在正史中也有蜀布早在西汉就远销国外的记载[1]。蜀锦、蜀布、蜀绣是蜀中三绝。元代人费著在《蜀锦谱》中写道：

---

[1]《史记·大宛列传》记载，骞曰："臣在大夏时，见邛竹杖、蜀布。"（中华书局 2017 年版第 3843 页）。汉武帝派张骞出使西域，张骞在大夏国惊奇地见到了"蜀布""邛竹杖"。

蜀以锦擅名天下，故城名以锦官，江名以濯锦，而《蜀都赋》云："贝锦斐成，濯色江波。"《游蜀记》云："成都有九璧村，出美锦，岁充贡。"宋朝岁输上供等锦帛，转运司给其费而府掌其事。[1]

蜀锦对于成都的重要意义，不只是财政的主要来源之一，更是代表着鲜明地域文化的特质，城名、江名都刻印着属于蜀锦的辉煌历史，蜀锦的绚丽华美，是成都由来已久的优雅底色。

今日，浣花溪畔的成都蜀锦织绣博物馆（也称"蜀江锦院"）陈列着从秦汉以来的各色蜀锦作品，分阶段展示、分内容讲解；场馆中又特别以天井的形式，在中央设有小花楼木织机，现场演示蜀锦织造的过程，为大众了解蜀锦历史、蜀锦工艺提供了直接生动的感知机会。

第二节　十样鸾笺五彩夸

我国造纸业在唐代发展迅速，纸的品种、产量、质量都大幅度提高。造纸业主要集中在我国南方地区，以成都、宣城、绍兴等为主。其中，成都的麻纸以质量更优而闻名海内外，唐代宫廷藏书就全部用益州麻纸来书写[2]。成都的造纸作坊又主要集中在浣花溪、双流冉村、郫都龙溪等地，种类则有麻面、屑末、滑石、金花、长麻、鱼子等，此外还有其他各类笺纸，以"薛涛笺""谢公笺（十色笺）"尤为著名。

"薛涛笺"是薛涛特别创制的粉色小笺，形制较小，用来题诗，李商隐的

---

[1] ［明］杨慎编，刘琳，王晓波点校，《全蜀艺文志》第1679页，线装书局2003年版。（本书所引《全蜀艺文志》均为此书，版本不再另注，请参考此处。）

[2] 白寿彝，史念海主编，《中国通史》第六卷第594页，上海人民出版社2015年版。

《送崔钰往西川》就说："浣花笺纸桃花色，好好题诗咏玉钩。"据费著《笺纸谱》记载："（薛）涛侨止百花潭，躬撰深红小彩笺，裁书供吟，献酬贤杰，时谓之薛涛笺。"唐宋时，浣花溪也叫百花潭，水质最利于造纸，薛涛曾住浣花溪畔，因此，薛涛笺也叫浣花笺。薛涛笺因形制精巧便于书写，且雅致美观，又加上薛涛的名气，故而深得无数文人墨客的喜爱。郑谷作《蜀中》诗云：

> 夜无多雨晓生尘，草色岚光日日新。
> 蒙顶茶畦千点露，浣花笺纸一溪春。[1]

"岚"指山里的雾气，这是雨后初晴的景象。蒙顶山以盛产茶闻名，蒙顶山茶、浣花笺纸都是齐名的贡品，足见浣花笺的名贵。蜀中因地形特殊，古时与外界交通不易，所以，外界文人对浣花笺有"一笺难求"之感。鲍溶在唐宪宗元和年间来到蜀中，任西川节度使，他向收藏蜀笺最富有的王播求要蜀笺，作诗说："蜀川笺纸彩云初，闻说王家最有余。野客思将池上学，石楠红叶不堪书。"（鲍溶《寄王播侍御求蜀笺》）"池上学"化用"临池"之典，据说书圣王羲之曾慕尚张芝，便临池学书，结果池水全被墨汁染黑，后来便用"临池"形容刻苦好学。鲍溶自称是乡野之人，自言喜欢书法，希望刻苦学习，因此想请王播赠送蜀笺。前蜀韦庄也求蜀笺，作《乞彩笺歌》（节选）云："也知价重连城璧，一纸万金犹不惜。薛涛昨夜梦中来，殷勤劝向君边觅。"韦庄写蜀笺价值连城，为了一纸蜀笺就是耗费万金犹不可惜。为了求得蜀笺，竟然还梦到了薛涛，表明古今文人对薛涛笺这份风雅的追求，也有对薛涛的才情与韵致的欣赏。宋代石介作《燕支板浣花溪笺寄合州徐文职方》（节选）云：

---

[1]［唐］郑谷著，严寿澄，黄明，赵昌平笺注，《郑谷诗集笺注》第310页，上海古籍出版社2009年版。

木成文理差差动，花映溪光瑟瑟奇。

名得只从嘉郡树，样传仍自薛涛时。[1]

"燕支板"是用胭脂木制成的拍板，用来打节拍。诗中将燕支板与浣花笺并提，写浣花溪泛着波光，就如碧玉小珠般，（"瑟瑟"是成都特有的碧玉小珠），又说这粉色笺纸还是从薛涛那时起就流传下来的，以示珍贵无比。南宋女词人张玉娘作《锦花笺》云：

薛涛诗思饶春色，十样鸾笺五采夸。

香染桃英清入观，影翻藤角眩生花。

涓涓锦水涵秋叶，苒苒剡波漾晚霞。

却笑回文苏氏子，工夫空自废韶华。[2]

鸾笺，古纸名，蜀中制作了十种彩笺，北宋韩浦的《以蜀笺寄弟洎》也说："十样蛮笺出益州，寄来新自浣花头。"[3]"五采"指青、黄、赤、白、黑五色。"桃英"指桃花。"剡波"指浙江嵊县剡溪。据西晋张华《博物志》记载，剡溪古藤甚多，可造纸。张玉娘乃浙江人，便将锦水、剡溪对比，也就是将蜀纸与江浙纸对照。"回文"指回文诗。这种诗体的著名代表是前秦窦滔妻子苏蕙作的《璇玑图》，这幅璇玑图总共841字，纵横各29字，无论从纵、横、斜、正、反、交叉等方式读，都可以成诗。"韶华"指美好的年华。张玉娘从女性角度，对薛涛更多了一分疼惜与理解，这桃粉色的小笺总是让人想起那风华绝代、最

[1] 北京大学古文献研究所，《全宋诗》第3434页，北京大学出版社1998年版。

[2] 谷骛编，《锦城诗粹》第246页，四川人民出版社1987年版。

[3] 从张玉娘诗、韩浦诗看来，薛涛笺似有"十色"，不只粉红（桃红）。袁庭栋先生在《巴蜀文化志》中也提到，"笺纸有各种颜色，……曹学佺《蜀中广记》引北宋赵抃《成都古今记》载有'蜀笺十样'：'曰深红、曰粉红、曰杏红、曰明黄、曰深青、曰浅青、曰深绿、曰铜绿、曰浅云……'估计这'蜀笺十样'就是指薛涛笺的'十色'。"《蜀中广记》列了9种，袁庭栋先生认为因据谢公笺补"浅绿"。（袁庭栋著，《巴蜀文化志》第88页，巴蜀书社2009年版）

终一袭道袍了此一生的女校书。大状元杨慎也作了一首诗，与张玉娘此诗相近，其《周五津寄锦笺并柬杨双泉》云：

> 谁制鸾笺迥出群，云英腻白粲霜氛。
>
> 薛涛井上凝清露，江令筵前攀彩云。
>
> 窈窕翠藤盘侧理，连环香玉剪回文。
>
> 老来无复生花梦，锦字泥缄付墨君。[1]

杨慎以"云英腻白粲霜氛"写出了笺纸的质地莹白，又叹薛涛早已逝去，如今薛涛井上还凝结着清露，让人时时想起她。近代诗人沈尹默的《留滞成都杂题》也提到：

> 谁信千年百乱离，锦城丝管古今宜。
>
> 薛涛笺纸桃花色，乞取明灯照写诗。[2]

沈尹默因时世乱离滞留在成都，就如当年避乱入蜀的杜甫，所以便想起杜诗那句"锦城丝管日纷纷，半入江风半入云"。成都因总是能在大动乱中保有最后的那份相对安稳，因此，诗人便想求来精美的薛涛笺，在昏暗的时局中，取一盏明灯来写诗。

在古人的诗词中还提到冷金笺，这是带白色的泥金或洒金的纸。如司马光就写过《送冷金笺与兴宗》，诗云：

> 蜀山瘦碧玉，蜀土膏黄金。
>
> 寒溪漱其间，演漾清且深。

[1] 周啸天编撰，《历代名人咏四川》第 76 页，四川文艺出版社 2006 年版。
[2] 周啸天编撰，《历代名人咏四川》第 76 页，四川文艺出版社 2006 年版。

工人剪稚麻，捣之白石砧。

就溪沤为纸，莹若裁璆琳。

风日常清和，小无尘滓侵。

时逐贾舟来，万里巴江浔。

王城压汴流，英俊萃如林。

雄文溢箱箧，争买倾奇琛。

夫君乃冠冕，辞气高千寻。

十载为举首，于今犹陆沉。

嗟我蓄此纸，才藻不足任。

愿以写君诗，益为人所钦。

缟带岂多物，足明同好心。

黄钟声如雷，岂病无知音。

请以此为质，他年神所临。

华轩策驷马，慎勿忘遗簪。[1]

这首诗写于北宋景祐五年（1038）司马光科举中第后。司马光将冷金笺送给好友邵亢（字兴宗），并附带这首诗介绍了冷金笺的制造工艺和对友人的寄语。诗中说，蜀山如碧玉，蜀土肥沃，有寒溪在其间流淌，水波清澈荡漾。工人们将嫩麻剪成段，在白石上捣烂，就着溪水充分浸泡成纸浆，然后过滤、固定、焙干便制成纸。司马光形容这纸莹亮透薄，就像裁制的美玉。因为纸张品相上乘，常有人不远万里来买。王城中众多英才豪俊创作了堆满箱子的雄文华辞，天下人愿倾尽珍宝去换取。而在这之中，你又是佼佼者，文章辞气超乎众人。司马光自叹十年前州试考中解元[2]，而至今依然无功无名。他感叹自己收藏

---

[1]［宋］司马光著，李之亮笺注，《司马温公编年笺注》（卷二）第93页，巴蜀书社2009年版。

[2] 举首指举子之首，宋代科举分为州试、省试、殿试，州试第一名为解元，省试第一名为省元，殿试第一名为状元。

这纸，却没有足够的才华与之匹配，但愿意用这纸写你的诗，才更能得到世人的钦仰。下两句诗人用"缟带"（白色绢带）、"黄钟"（庙堂打击乐器）作比，指愿以好物赠予友人，以明同心所好不乏知音。最末两句是请友人以此冷金笺为友情见证，希望以后当友人乘高车驷马、飞黄腾达之际，要记得这冷金笺背后我们的情谊。

"华轩策驷马"，借用司马相如过成都北升仙桥，在桥头题写"不乘驷马高车，不过此桥之下"的典故。"慎勿忘遗簪"则出自汉代韩婴所作的《韩诗外传》，传记中说，当年孔子与弟子路过少原之野，见妇人伤心哭泣，孔子让弟子问个中缘由，妇人便说割蓍草时丢失了蓍草作的簪子，弟子仍不明所以，妇人又说我悲伤不是因为簪子，而是这簪子代表的情谊。司马光这句"慎勿忘遗簪"便表达了"礼轻情意重"之意。冷金笺无疑是很珍贵的笺纸，成为文人墨客之间传递友情、赠送礼物的最佳选择。北宋文彦博作《蜀笺》云：

> 素笺明润如温玉，新样翻传号冷金。
> 远寄南都岂无意，缘公挥翰似山阴。[1]

文彦博在宋英宗即位后曾做过剑南西川节度使，他在诗中写蜀笺温润如玉，冷金笺是新出的式样，便将这新奇的笺纸寄给远在商丘（宋代称商丘为南都）的朋友，打趣说我是有所求才特意为之；寄冷金笺给你是因为你有书圣王羲之的风范，本意是在向友人求墨宝。根据费著《笺纸谱》记载，冷金笺是澄心堂纸[2]的一类，较薛涛笺来说，它的尺幅更自由，可用于写诗也可以用于创作书法，极为珍贵，在文人墨客之间很受欢迎。除此之外，还有"谢公笺"，

---

[1] ［宋］文彦博著，《文潞公集》第 57 页，山西人民出版社 2008 年版。

[2] 澄心堂得名于南唐。南唐后主李煜将祖父李昪待臣议事、设宴庆贺、批阅奏章的大厅澄心堂专门辟为收藏纸张的场所。纸张光洁如玉，故取名澄心堂纸。后来南唐灭亡，澄心堂纸散落民间，文人墨客以得此纸为幸（刘仁庆等著，《纸张解说》第 248 页，中国铁道出版社 2004 年版）。当年李煜从蜀地征召纸工，因此，澄心堂纸的制造工艺被认为是从蜀中传入的。透过司马光、文彦博的诗，可知在宋仁宗、宋英宗时期，蜀中还有大量的冷金笺生产，也一直采用冷金笺的制作工艺。

也是蜀笺中较为出名的一种。

　　谢公笺,"谢公"是指谢景初,字师厚,北宋人。费著《笺纸谱》记载:"纸以人得名者,有谢公,有薛涛。所谓谢公者,谢司封景初师厚。师厚创笺样以便书尺,俗因以为名。……谢公有十色笺,深红、粉红、杏红、明黄、深青、浅青、深绿、浅绿铜、绿、浅云,即十色也。"[1]但在谢景初之前,蜀中《以蜀笺寄弟泪》"十年蛮笺出益州"就已有十色笺,这应不是谢公的首创[2]。谢景初在中进士后,曾任余姚知县,之后升迁益州路提点刑狱,来到蜀中或对"十色笺"有所改进及推广,以至后世皆以"谢公笺"称"十色笺"。

　　文人对纸张质地、花纹、色泽,甚至对产地、历史及名气的追求,体现的是对于纸作为书写载体的基本功能之外,一种诉诸观感欣赏的更高要求。正如诗中所说,"嗟我蓄此纸,才藻不足任。愿以写君诗,益为人所钦",纸张的品相档次,是要与身份、才情等相称的。这份带着书香气的"讲究"可谓是骨子里的优雅。

第三节　琅琅环佩音

　　1977 年,一张特殊的唱片被带到外太空,这张唱片上共有 90 分钟、27 首世界名曲。制作唱片的意义在于收录用以表达地球上不同文化的声音,传达到宇宙中。其中,就有由管平湖先生演奏的古琴曲《流水》(长达 7 分 37 秒),是整部代表中国传统音乐的唱片中时长最长的曲子,而创作这首曲子的就是青城山道士、古琴名家——张孔山。这不仅意味着古琴是我国古典音乐的代表,

---

[1]《全蜀艺文志》第 1677 页。
[2] 见上文韩浦诗《以蜀笺寄弟泪》"十年蛮笺出益州",韩浦是谢景初父辈时人。

也说明了蜀派古琴的不凡成就。古琴一直以来都是文人君子极为欣赏的乐器。圣人孔子曾拜师襄子学琴，数月练习《文王操》，最终在琴声中得见文王，因琴悟道。后来当他来到齐国，听到舜帝时的名曲《韶》，竟"三月不知肉味"。当他困于陈国与蔡国之间，食不果腹，却依然"弦歌不辍"。琴音与人情、人心、人事相通，孔子在琴声中得到精神慰藉，也有人在琴声中找到知音好友。先秦时俞伯牙弹琴，唯有钟子期能明白琴声所指，后来钟子期去世，俞伯牙痛惜知音不再，便摔琴绝弦，终生不再弹。"高山流水遇知音"，便是讲俞伯牙和钟子期的故事。古琴之声本是淳和淡雅、清亮绵远，会因演奏者不同的情态而呈现不同的变化，因此，透过琴声往往可以观照演奏者的品性、倾听演奏者的诉说，故有因琴结缘、巧遇知音的佳话，有如《诗经》中"琴瑟在御，莫不静好"般美好，有如嵇康云"素琴挥雅操，清声随风起"般清雅；有如陶渊明云"但识琴中趣，何劳弦上声"般适意。琴声中蕴含着深远的哲思、淡雅的趣味，听古琴可有沉静淡泊、辽远旷达之享受，余音绕梁、回味无穷之后，又是另一层弦外之音的妙处。习古琴讲究技法，更讲究缘法，能定、静、安、乐，则古琴弹奏渐入佳境，这个道理与人生修养是相通的。

蜀派古琴历史悠久、源远流长。西汉时，成都才子司马相如手抚"绿绮"，以一曲完美的《凤求凰》夺得文君欢心，这个故事距今已有两千多年。之后，扬雄、诸葛亮、姜维、李白、杜甫、孟浩然、唐求、苏轼、赵抃、黄崇嘏等都是古琴爱好者，在他们的诗中，蜀僧濬、道士参廖、花卿（花敬定）等都是蜀中演奏古琴的名家。

到了晚清，张孔山不仅技法纯熟，而且影响深远，是蜀派古琴的集大成者。之后又有顾玉成、顾隽、顾梅羹、夏一峰、查阜西、喻绍泽、朱默涵、丁承运等名家出现，均有不凡的成就。蜀派古琴名家众多、技艺超群、作品高妙，与之相应的，蜀中更有举世闻名的斫琴世家及堪称旷世奇珍的雷琴。

一、听琴

"高山流水意无穷，三尺空弦膝上桐"（王安石《次韵和张仲通见寄三绝句》)，古琴演奏的效果是琴师与听众共同完成的，"高山流水"是典范。在蜀中，无数琴师的演奏都是通过诗人的笔传递给我们的，如李白的《长相思（其二）》云：

> 日色欲尽花含烟，月明欲素愁不眠。赵瑟初停凤凰柱，蜀琴欲奏鸳鸯弦。此曲有意无人传，愿随春风寄燕然。忆君迢迢隔青天，昔日横波目，今作流泪泉。不信妾肠断，归来看取明镜前。[1]

素，指白色的绢，以此形容月色清亮。赵瑟，指战国时期赵国，其人善于鼓瑟。凤凰柱，是雕饰有凤凰的瑟柱。蜀琴，指蜀地古琴，因蜀中多桐树，而桐树又是造琴的上等木材。鸳鸯弦，与"凤凰柱"相对，或也借用司马相如以琴挑逗卓文君之事。燕然，诗中泛指边塞之地。这本是李白写女子因思念远在边塞的丈夫，故名"长相思"。诗中将琴瑟并提，古今多用琴瑟来形容彼此间关系亲密，"琴瑟和鸣"便指夫妻二人和美，"心同琴瑟"指朋友关系亲密，等等。蜀琴是古琴中的精品，蜀琴的乐声也是"此曲只应天上有"，在李白的另一首《听蜀僧濬弹琴》中，就更形象地写出了这种感受：

> 蜀僧抱绿绮，西下峨眉峰。
>
> 为我一挥手，如听万壑松。
>
> 客心洗流水，馀响入霜钟。
>
> 不觉碧山暮，秋云暗几重。[2]

---

[1] 安旗主编，《李白全集编年注释》第 114 页，巴蜀书社 1990 年版。
[2] 安旗主编，《李白全集编年注释》第 1114 页，巴蜀书社 1990 年版。

　　蜀僧濬，峨眉山僧人，生平不详。绿绮，古琴名，司马相如当年所弹的琴即名"绿绮"，此处用绿绮形容蜀僧的琴名贵。李白形容僧人濬为他弹琴，一挥手就如同听到山谷中的松涛声，如此清越的琴声让李白心中的郁结都消散了，琴声余音仿佛如钟声般袅袅不绝。听着这琴声，不知不觉间已是傍晚时分，青山笼罩在暮色中，秋云层叠几重，这是一种从琴声中再次回到人世，如梦幻初醒般的奇妙感受。整首诗向我们传达了三重信息，蜀琴音声高妙，僧濬技法高超，李白的诗意境高远，读诗仿佛与李白同听此曲，让人回味无穷。

　　李白在长安听到这首琴曲，带着对家乡的情感，写出了唐代蜀地音乐的不凡。诗圣杜甫则是避难入蜀，他在成都听到的琴声又是如何呢？其《赠花卿》云：

> 锦城丝管日纷纷，半入江风半入云。
>
> 此曲只应天上有，人间能得几回闻。[1]

　　"花卿"是当时成都府尹崔光远的部将花敬定。"锦城"即成都。"丝管"指弦乐、管乐，泛指乐器。"纷纷"形容乐声不断的景象。这首诗大约作于唐肃宗上元二年（761），当时安史之乱并未完全平定，关中依然混乱，而在秦岭这边的成都却可以弦乐纷纷，这得天独厚的地利实在让人不得不心生向往。杜甫曾在刚来成都时就感叹"我行山川异，忽在天一方"，"曾城填华屋，季冬树木苍。喧然名都会，吹箫间笙簧"（杜甫《成都府》），这里隔绝了战火，用天府之国的繁华与安宁，震惊着从长安而来的惊魂未定的客人。杜甫听到蜀地丝管之声便开始迷糊起来，这曲子随着江风飘入云端，想来，这般美好的曲子也只有天上才有，这乱离的人间哪里听得到呢？这与李白听琴入迷、不觉日暮，真是异曲而同工。可见，古琴有着莫大的感染力，怪不得司马相如与卓文君的浪漫故事，就是从琴曲《凤求凰》开始的。《凤求凰》本是汉代古琴曲，表达对女子的大胆追慕和无限爱恋。

---

[1]《杜诗详注》第 1025 页。

司马相如在邛崃县令王吉的引荐下，到邛崃首富卓王孙家做客，当众弹奏"绿绮"琴，弹的就是《凤求凰》（节选）。歌词是：

> 凤兮凤兮归故乡，遨游四海求其凰。
>
> 时未遇兮无所将，何悟今兮升斯堂！
>
> 有艳淑女在闺房，室迩人遐毒我肠。
>
> 何缘交颈为鸳鸯，胡颉颃兮共翱翔！
>
> 凰兮凰兮从我栖，得托孳尾永为妃。
>
> 交情通意心和谐，中夜相从知者谁？
>
> 双翼俱起翻高飞，无感我思使余悲。[1]

卓文君精通音律，她在帘子内听到司马相如弹的居然是《凤求凰》，自然就明白司马相如想要表达的意思。从歌词来看，司马相如借琴曲很直白地表露了对卓文君的欣赏与爱慕，并发出要做鸳鸯夫妻、双宿双飞的邀请，就如同那凤与凰。"中夜相从知者谁？"后来卓文君便不顾礼教约束、不顾名节清誉，甚至不顾对方家世背景，义无反顾地奔赴那个中夜之约，惊天动地地和司马相如"私奔"到成都。这段故事世人皆知，我们感慨这位女子的魄力，也因此看到用蜀琴、琴曲来传情达意的神奇效果，司马相如并没有直接用文字书信倾诉爱情，而是当众用曲调传达。知音者，知其中奥秘；不知音者，只听得琴声而已，这就是一种深藏不露的机智与雅趣。

蜀琴一派发展到晚清，到张孔山的出现，才算达到新的巅峰。《高山流水》本为一首曲子，到唐代分为两首，不分段，到宋代《高山》成为4段、《流水》成为8段。之后的琴谱都按照这个版本来记载，直到青城山道士张孔山的创新，《流水》曲子才有所改变。他在《流水》的第5、6段间加入一段，成为9段，并将第6段全用滚拂，因此有"七十二滚拂"之名。张孔山的《流水》便刊在

---

[1]［宋］郭茂倩编，《乐府诗集》卷六十《琴曲歌辞四》第1270页，中华书局2017年版。

《天闻阁琴谱》，这本琴谱是张孔山和友人共同收集整理古琴秘谱而编成的，其中保存了大量珍贵的古琴谱资料，影响深远。

二、斫琴、赏琴

唐代成都的斫琴工艺达到炉火纯青的境界，以"雷氏琴"为代表。雷氏祖孙几代都以斫琴为业，从盛唐开元年间到晚唐开成年间，延续一百来年，代代相传，成为举世闻名的斫琴世家。宋代黄休复在《茅亭客话》中说："琴最盛于蜀制，斫者数家，惟雷氏而已。"[1]蜀地斫琴本就技艺超群，在这其中又以雷氏为最。雷氏家族前后有雷霄、雷俨、雷威、雷钰、雷文、雷会、雷迅、雷绍、雷震共九位大师。雷霄斫制古琴是最早的，曾制"大雷"和"小雷"，现琴已被毁；名气最大的要数雷威，其人生卒年不详，主要生活在成都、峨眉、绵竹等地。据元代伊士珍撰写的《琅嬛记》记载，雷威制琴，不必全选桐木。大风雪天，他在峨眉畅饮后，便带着蓑笠进山，在松林中，听到树木声音悠扬的，就砍了来做琴，往往音声妙过用桐。他斫琴不拘陈规，如神来之笔，以松杉斫琴是其首创，斫制的名琴有"松雪""春雷""百纳""响泉""奔雷""峰阳亡味""鹤鸣秋月""巨泉"等。每把古琴都有着自己独特的斫制过程、造型结构、音声特点等，古琴的斫制过程，即如《琅嬛记》所写，本就是如同武侠小说般的传奇情节；名琴遇名师，演奏传世名曲，那更是流传百世的美谈。再者，名琴在历史的洪波中，不断流转于名人之手，在琴身某处可见前人题记的诗文，这也是古琴的雅韵。

虽然只有少数唐代名琴留了下来，不过可借诗文了解一二。据宋代姚宽的《西溪丛语》记载，姚宽的长兄曾在渑邑（一般认为今属河南省三门峡市渑池县一带）这个地方，得到一把古琴，琴身有题记："合雅大乐，成文正音。徽弦

---

[1]［清］嵇璜等撰，《钦定续文献通考》卷一百十"乐"十第3783页，浙江古籍出版社1988年版。

一泛，山水俱深。雷威斫，欧阳询书。"雷威为唐代宗大历时人[1]，而欧阳询为初唐人，这则记载尚可阙疑，不过题记内容却写实、不浮夸。琴瑟之音如同钟鼓，是经典的雅乐正音，往往在郑重庄严的场合才使用。题记中描绘雷威所斫的古琴，"徽弦一泛，山水俱深"，"徽"指古琴琴面上标记音位的十三徽，"泛"指弹奏，"山水"喻指《高山》《流水》，指雷氏琴鬼斧神工，能将经典古曲演奏得出神入化。元稹所作《小胡笳引》中也有相关描写：

> 雷氏金徽琴，王君宝重轻千金。三峡流中将得来，明窗拂席幽匣开。朱弦宛转盘凤足，骤击数声风雨回。哀笳慢指董家本，姜宣得之妙思忖。泛徽胡雁咽萧萧，绕指辘轳圆衮衮。吞恨含情乍轻激，故国关山心历历。潺湲疑是舞鹓鸾，耆骚如闻发鸣镝。流宫变徵渐幽咽，别鹤欲飞猿欲绝。秋霜满树叶辞风，寒雏坠地乌啼血。哀弦已罢春恨长，恨长何如怀我乡。我乡安在长城窟，闻君肤奏心飘忽。何时窄袖短貂裘，胭脂山下弯明月。[2]

元稹是贞元、元和时人，与雷威时代接近。雷氏琴在当时就已是难得的珍品。诗中写王氏不惜千金购得雷氏琴一把，从三峡经水路而来，便选在明窗前，拂拭座席以备演奏。熟丝制的琴弦宛转地盘绕在凤足（用于固定琴弦）上，试弹几下就仿佛听到风雨之声。"哀笳"指悲凉的胡笳声，"慢指"也作慢拍，"董家"指董庭兰，盛唐时的乐师。"姜宣"是弹奏这雷氏琴之人。"哀笳"句是写姜宣根据董氏旧版的《小胡笳》进行弹奏。"徽"指系琴弦的绳。"绕指"形容极度柔软。"衮衮"，卷曲貌，形容手指拨动琴弦，发出如胡雁般萧萧的叫声，而琴弦则卷曲地绕在辘轳上。姜宣将《小胡笳》中所要表达的含情吞恨的

[1]《西溪丛语》卷上载："尝见一琴，中题云，唐大历三年仲夏十二日西蜀雷威于杂花亭合。"若此题记为真迹，则可认为雷威活跃在唐朝大历年间。
[2][唐]元稹著，吴伟斌注，《新编元稹集》第4858页，三秦出版社2015年版。

情感演绎得短切而激烈，将故国关山历历在目的悲恸情景完整地描绘出来。时而琴声缓下来如油鸦浮水，时而激烈如万箭齐发。从宫调到徵调，琴声渐渐变得轻微低沉。这种蓄势待发、欲扬先抑的表达，就像仙鹤准备飞往他处、猿准备着攀缘。琴声凄凄，听来就像秋霜打落了一树黄叶，就像冬天的幼鸟从鸟巢掉落，像那杜鹃声声哀啼。最后六句，写在琴声的余音中，诗人感受到了《小胡笳》曲中那位主人公的情感，便为他代言，称琴声让他想起绵绵不尽的春愁，不过春愁也比不过对家乡的怀念。"肤奏"指北方胡乐。诗人最后写道，何时才能穿上貂裘回到故乡，在胭脂山下欣赏月亮？全诗从得琴、赞琴、弹琴、听琴层层深入，将雷琴的琴声刻画得如此细致生动，如秋风落叶，如杜鹃哀啼，字里行间都是对雷琴举世无双的音色的欣赏与赞叹。

欣赏雷琴演奏是艺术享受，在珍品雷琴上留下题记、刻印，也是古今文人的雅好。在今北京故宫博物院收藏着一把绝世名琴——九霄环佩，这把琴在龙池上方刻有篆书"九霄环佩"四字，在池下方刻"包含"大印，池左刻有"超迹苍霄，逍遥太极。庭坚"十字，右刻"冷然希太古""诗梦斋珍藏"及"诗梦斋印"，然而更惊人的是在琴足上方还刻有：

　　霭霭春风细，琅琅环佩音。垂帘新燕语，沧海老龙吟。苏轼记。

除此之外，凤沼处还有篆书"三唐琴榭""楚园藏琴"印，琴腹有楷书"开元癸丑三年斫"。每个刻印、题记都记录着这把来自盛唐的名琴辗转流离的痕迹。据专家介绍，除琴名、大印为原刻外，黄庭坚、苏轼的题记应是后人补刻。"诗梦斋"是清末古琴家叶诗梦（叶赫那拉·佛尼音布）的斋名，此琴曾一度归她藏有。"三唐琴榭""楚园"是后来收藏家刘世珩的别号。这把名琴"通身"气派，骨子里都是"雅气"。从命名来说，"九霄"本指天之极高处，"环佩"指古人所系的佩玉，此雅名寄托着音声清越、上浮九天的仙道思想。黄庭坚所题"超迹苍霄，逍遥太极"是汉代仙人的原句，出自葛洪的《神仙传》。苏轼的题记，将琴声比作春风、环佩，比作燕语、龙吟，也表明这不是人间凡品。清代诗人李调元的《雷琴歌》就写道：

青雷示我雷氏琴，黑蛟踊出如奔霖。

古漆无光扪不得，挂壁往往闻龙吟。

细观石轸损未理，虫书漫漶记雷氏。

烂桐埋没不知年，市儿拾得鬻都市。

买归那惜东阳业，缩丝为袋玉为匦。

小篆旁印宣和年，艮岳所藏毋乃是？

我闻雷琴各有铭，宋人所宝皆题名。

雷威造有松雪字，雷霄制有松风声。

玉涧名泉雷迅斫，九霄瑜珮雷文成。

其余雷盛与雷珏，不出灵开偕冰清。

欧阳三琴苏十二，虽无字号时世明。

玉徽瑟瑟金徽蚌，品第一一皆至精。

此琴何名复何代，不应剥蚀字全废。

但据《琴苑》小印争，真赝恍惚难为对。

况自徽钦南烬来，所见存者惟春雷。

樊氏路氏俱劫火，底事雷氏犹余灰。

从来神物有灵气，请君考定方珍贵，

落花流水亦古琴，试看鼠畏与不畏。[1]

李调元写雷琴都有自己的身份标识，宋人视为珍宝，如雷威的琴题"松

[1]［清］李调元著，罗焕章主编，陈红，杜莉注释，《李调元诗注》第 139 页，巴蜀书社 1993 年版。

雪"、雷霄题"松风"、雷迅斫"玉涧名泉"、雷文作"九霄瑜珮"等。雷氏琴用徽的不同材质来标明质量品第，最上乘的是玉徽、次而瑟瑟徽、金徽、蚌徽。诗中说，所见之琴题记、刻印都已模糊，难以辨别真假，且经历北宋靖康之耻，当时可见的唐代雷氏琴只有"春雷"。正是"从来神物有灵气"，古琴的雅韵流淌在斫琴、听琴、弹琴、赏琴的每处细节中。

"闻弦歌而知雅意"，这份优雅是手挥五弦、风入松下的绝尘脱俗，也是徽弦一泛、山水俱深的透彻深刻。蜀派古琴既有绝世好琴——雷琴，也有开宗立派的名家——张孔山，因此在古琴发展史上有着举足轻重的地位和深远广泛的影响，成都这座城市的优雅也在千百年的琴韵悠扬中不断相传。

第四节　蜀土茶称盛

我国茶文化源远流长，在秦汉时期成都周边就有产茶、饮茶的记载。西汉王褒的《僮约》就写到"烹茶尽具""武阳买茶"，"武阳"在今成都南彭山区，这是如今可见的我国最早的买茶烹茶的记载。四川是产茶胜地，唐代陆羽在《茶经》里提到，四川的绵、彭、眉、邛、雅、蜀、汉都盛产茶叶。这些地方多高山，雨水充沛，土壤肥沃，适宜茶树生长，其中又以蒙顶山为最。蒙顶山出产的甘露、黄芽、雀舌、鸟嘴、雷鸣、雾钟等都是贡品。吃茶，是深入中国人骨子里的优雅，茶香清新、茶汤清亮、茶具古雅，每一个环节都是雅俗共赏的艺术。吃茶，有各种趣味，"坐酌泠泠水，看煎瑟瑟尘。无由持一碗，寄与爱茶人"（白居易《山泉煎茶有怀》），是难得的平淡与安宁；"半夜邀僧至，孤吟对竹烹。碧流霞脚碎，香泛乳花轻"（李德裕《故人寄茶》），是偶得的欣喜与激动；"且将新火试新茶，诗酒趁年华"（苏轼《望江南·超然台作》），是值得的珍惜与洒脱，人生况味，都在一杯茶中。

四川人爱喝茶，有俗话说"茶馆是个小成都，成都是个大茶馆"。成都茶馆林立，大街小巷总能找到竹椅子、方桌子、盖碗茶、长嘴壶的茶馆。在今天四川的清音中，王锡仁演唱的《盖碗茶》有段唱词是："烧一壶清悠悠的川江水，冲一碗香喷喷的盖碗茶。茶船托起天府的绿哇，茶盖拨动家乡的花呀。喝一口这盖碗茶，乡愁丝丝缕缕都溶化呀。"[1] 在数百年前，有副著名的茶联，也写到"扬子江中水，蒙顶山上茶"。吃茶有诸多讲究，这些讲究就是值得品味的风雅趣事。在诗人的作品中，留下许多分享烹茶、品茶的佳作。文人墨客都好茶，茶便成为古往今来赠人的好礼。

一、赠茶

在无数名家的诗集中，我们可以看到很多与茶相关的话题。其中，都有对朋友赠茶的酬谢，而这些茶多数就是来自四川。如白居易在《谢李六郎中寄新蜀茶》中写道：

> 故情周匝向交亲，新茗分张及病身。
>
> 红纸一封书后信，绿芽十片火前春。
>
> 汤添勺水煎鱼眼，末下刀圭搅麹尘。
>
> 不寄他人先寄我，应缘我是别茶人。[2]

这首诗写于元和十二年（817），"李六郎中"是指当时忠州（今重庆忠县）刺史李宣。在蜀中新茶刚上市时，李宣便及时寄给好友，让病中的白居易感到莫大的安慰。这茶寄得也讲究，李宣寄的是十团火前春，这是邛崃的名茶，因怕途中损坏，便用特制的红纸随书信包裹好再寄。"鱼眼"是水烧开时冒出的状

---

[1] 刘昌明著，《巴蜀茶文学史》第169页，四川大学出版社2013年版。

[2]〔唐〕白居易著，丁如明，聂世美校点，《白居易全集》第234页，上海古籍出版社1999年版。

如鱼眼的水泡，形容水沸。"刀圭"即汤匙。"麴尘"指淡黄色。这是描绘拿到新茶后赶紧烹煮尝鲜的情景。末句又自我解释说，李宣只先寄给了我，是因为我是"别茶人"吧。白居易好吃茶到了痴迷的程度，他懂得品茶、鉴茶，"别茶人"就是他给自己的雅号。对于蜀中新茶，白居易是无比珍爱的，他的另一首《萧员外寄新蜀茶》写道："蜀茶寄到但惊新，渭水煎来始觉珍。满瓯似乳堪持玩，况是春深酒渴人。"[1] 蜀中新茶总是能给诗人惊喜，白居易说那新茶的茶汤就如牛乳般香甜，值得细细品味，何况是这春深时候、酒醉时分呢？蜀中新茶的清香，仿佛携带着天地浸润、青雾缥缈的灵气，是温润的春的气息，清茶的甘洌能让人内心熨帖。

四川号称产茶胜地，因产量高、品种也多，鸟嘴茶是其中之一。薛能在《蜀州郑使君寄鸟嘴茶，因以赠答八韵》中写道：

> 鸟嘴撷浑牙，精灵胜镆铘。
>
> 烹尝方带酒，滋味更无茶。
>
> 拒碾干声细，撑封利颖斜。
>
> 衔芦齐劲实，啄木聚菁华。
>
> 盐损添常诫，姜宜著更夸。
>
> 得来抛道药，携去就僧家。
>
> 旋觉前瓯浅，还愁后信赊。
>
> 千惭故人意，此惠敌丹砂。[2]

薛能，晚唐时山西临汾人，在蜀中做过三年官。这首诗是他收到蜀州（今崇州）知州郑氏寄给他的鸟嘴茶，为表示感谢而作。鸟嘴茶因茶叶形似鸟嘴而得名。"撷"即采摘。"浑"指茶叶肥厚。"镆铘"是传说中的宝剑。"碾"指碾

---

[1]　[唐]白居易著，丁如明，聂世美校点，《白居易全集》第 191 页，上海古籍出版社 1999 年版。

[2]　钱时霖，姚国坤，高菊儿编，《历代茶诗集成·唐代卷》第 168 页，上海文化出版社 2016 年版。

子。"利颖"指尖芒。"瓯"是小型的撇口碗，茶具。薛能细致地描写了鸟嘴茶的品质上乘，茶叶厚实、新鲜，极像锋利的镇铘宝剑，烹煮后茶香远胜酒香。品着茶，诗人脑海中便浮现出制作过程，将茶叶放在碾中碾细，似乎就能听到那干脆声，将尖细的茶叶装入封袋，能看到茶叶将封袋撑了起来。每叶茶都精神饱满，如新生的芦芽、如啄木的鸟嘴。再说烹茶，薛能说加入盐与姜的调和都要恰到好处，这样煮出的茶汤胜过养生的道家仙药，他要带去给僧人朋友分享。又说，品茶的时候才觉得这瓯太浅，喝着喝着又充满了没有存货的担忧。最末，诗人表示十分感谢朋友的好意，称此送茶的情谊甚至胜过了送他灵丹妙药。蜀茶的绝妙，全在这"不是良药，却胜似良药"的形容中。就如崔道融作《谢朱常侍寄贶蜀茶剡纸二首》说："一瓯解却山中醉，便觉身轻欲上天。"蜀茶的神奇魔力在宋代诗人文同笔下更是鲜明，友人从蜀中寄去蒙顶山的新茶，文同便作《谢人寄蒙顶新茶》诗答谢：

蜀土茶称盛，蒙山味独珍。

灵根托高顶，胜地发先春。

几树初惊暖，群篮竞摘新。

苍条寻暗粒，紫萼落轻鳞。

的砾香琼碎，鼟鼟绿蚕匀。

慢烘防炽炭，重碾敌轻尘。

无锡泉来蜀，乾崤盏自秦。

十分调雪粉，一啜咽云津。

沃睡迷无鬼，清吟健有神。

冰霜疑入骨，羽翼要腾身。

磊磊真贤宰，堂堂作主人。

玉川喉吻涩，莫惜寄来频。[1]

---

[1][宋]文同著，胡问涛，罗琴校注，《文同全集编年校注》第307页，巴蜀书社1999年版。

文同在诗中写到，蒙山茶长在高山中，当人间还迟疑在乍暖还寒时，山中的茶树已经在暖风的吹拂下绽放了新芽，惹得采茶人忙碌地采下了今年的春芽，还比赛谁采得更新，这幅欢快的采茶图似乎就已经预示了之后茶叶的清甜。蒙山茶的名品黄芽就是要在春分时节，当茶树刚开始发芽时便采摘，只采单芽或者一芽一叶，可见其难得。茶要高温茶青，慢火轻焙，重碾去尘，工序复杂且讲究，这般好茶，当然要用好水来煎，"无锡泉"指惠山泉，适宜泡茶。"乾崤盏"是茶碗。"云津"指唾液。文同描绘喝茶的奇效，喝了蒙山好茶，睡梦中不会被鬼惊扰，醒来便神清气爽。那份清凉浸入肌骨，使人身轻如燕。"磊磊""堂堂"是形容寄茶的友人是真正的贤才。"玉川"指唐代诗人卢仝，卢仝极爱喝茶，汲泉水煎煮，自号"玉川子"。文同诗末调侃友人，自比是卢仝，说我常感觉口干舌燥，还请你莫要私自珍藏，好茶还是要频频寄来啊。

蒙顶山的茶是蜀茶中的上乘之作，因蒙顶山位于邛崃山脉中段，地跨名山、雅安两县，蒙顶五峰环列，形如莲花，山中常常烟雨蒙蒙，云雾笼罩，全年气候适宜，空气湿度大，利于茶树的生长。蒙顶茶因采制精细、茶汤清亮、回甘清甜，一直是呈送朝廷的贡品。"别茶人"白居易赞叹"琴里知闻惟渌水，茶中故旧是蒙山"（白居易《琴茶》），《渌水》是古琴名曲，这位爱茶人将蒙顶茶与名曲并提，也就是说这便是最好的茶了。黎阳王的《蒙山白云岩茶》也说"若教陆羽持公论，应是人间第一茶"，郑谷也盛赞"蒙顶茶畦千点露，浣花笺纸一溪春"。文同不也说"蜀山茶称盛，蒙山味独珍"吗？从这些酬谢新茶的诗中，我们可以看到采茶的欢乐、焙茶的艺术、品茶的享受，这份寄新茶、品新茶、好新茶的雅趣，就和蜀茶一样，带着清新淡雅的香气。

二、品茗

洛夫在散文《吃茶》中写道，"中国人吃茶，不说茶道，而称之为茶艺，可见吃茶不仅本身是一种艺术，而且与各种艺事相关。"[1]吃茶中有大学问，林

---

[1] 洛夫著，《独立苍茫》第55页，江苏人民出版社2018年版。

语堂总结了十条：第一，茶味娇嫩，茶易败坏，所以整治时，须十分清洁，须远离酒类香类一切有强味的事物和身带这类气息的人；第二，茶叶须贮藏于冷燥之处，在潮湿的季节中，备用的茶叶须贮于小锡罐中，其余则另贮大罐，封固藏好；第三，烹茶的艺术一半在于择水，山泉为上，河水次之，井水更次，水槽之水如来自堤堰，因为本属山泉，所以很可用得；第四，客不可多，且须文雅之人，方能鉴赏杯壶之美；第五，茶的正色是清中带微黄，浓的红茶即不能不另加牛奶、柠檬、薄荷或他物以调和其苦味；第六，好茶必有回味，大概在饮茶半分钟后；第七，茶须现泡现饮；第八，泡茶必须用刚刚烧沸之水；第九，一切可以混杂真味的香料，须一概摒除；第十，茶味最上者，应如婴孩身上一般的"奶花香"[1]。

这一长串的讲究还真是不简单，难怪，文化大家们都自我解嘲，说"我只是爱耍笔头讲讲，不是捧着茶缸一碗一碗地尽喝的"[2]（周作人）；"我不善品茶，不通茶经，更不懂什么茶道"[3]（梁实秋）。吃茶也称品茗，采、焙、碾、煎、品、赏都讲究门道，如今听来都细碎繁杂，但古人倒是特别乐衷于此。唐代诗人刘禹锡，曾在蜀中做官，其《西山兰若试茶歌》云：

山僧后檐茶数丛，春来映竹抽新茸。

宛然为客振衣起，自傍芳丛摘鹰觜。

斯须炒成满室香，便酌砌下金沙水。

骤雨松声入鼎来，白云满碗花裴回。

悠扬喷鼻宿酲散，清峭彻骨烦襟开。

阳崖阴岭各殊气，未若竹下莓苔地。

炎帝虽尝未解煎，桐君有策那知味？

[1] 林语堂著，《生活的艺术》（下）第 473 页《茶和交友》，湖南文艺出版社 2017 年版。
[2] 陈武选编，《民食天地文化名家谈饮食》第 49 页《吃茶》，广陵书社 2018 年版。
[3] 梁实秋著，《白猫王子及其他》第 54 页《喝茶》，四川人民出版社 2018 年版。

新芽连拳半未舒，自摘至煎俄顷馀。

木兰坠露香微似，瑶草临波色不如。

僧言灵味宜幽寂，采采翘英为嘉客。

不辞缄封寄郡斋，砖井铜炉损标格。

何况蒙山顾渚春，白泥赤印走风尘。

欲知花乳清泠味，须是眠云跂石人。[1]

　　诗中写了采茶、炒茶、煮茶、品茶的整个过程和感受。茶树长在寺庙后院，与竹林相近，更多了几分禅意。"鹰觜"（即鹰嘴）是茶叶的形状。炒茶时可以闻到满屋的香气，烹茶需用金沙泉水，新茶在沸水里翻腾，发出如雨声、松声般的声响，茶香扑鼻而来，顿时消解了隔夜的醉意，也驱散了心中的烦闷。刘禹锡说，山南山北气候各异，都不如竹下这片长有青苔的地方更适宜茶树生长。这新茶从采下到煎好只是片刻工夫，清香就像沾有露珠的木兰，颜色也胜过了水色中的仙草。这位僧人朋友说，品茶最宜环境清幽，今日为贵客摘下最嫩的新茶。也将新茶封好寄给郡守，不过如果用井水、铜炉煎煮就坏了这味儿了。想来，那顶级的蒙顶山茶和顾渚茶，进贡时一路长途跋涉，也损坏了茶的鲜味。想要尝到茶汤纯正的清香，还得是这枕云踏石的山居人啊。刘禹锡在寺庙中试新茶，刚好目睹了品茶的一套工序，虽有千百年之差，竟与林语堂先生总结的相差无几。茶道以及品茶的艺术、对茶的热爱，在古今诗文中，在人们的生活习惯中一直流传。

　　蜀茶中以蒙顶山茶、青城山茶、峨眉山茶、雾中山茶为上品，都是以高山地区为宜，各地茶中又细分为很多品种。蒙顶山茶以甘露、黄芽、石花为最，青城山茶以雪芽为最，峨眉山茶以雪芽、碧潭飘雪、竹叶青为最。在古时，蜀茶多是贡茶，有极其严格的采摘、焙制、封装要求，也被历来爱茶之人视为珍宝。孟郊乞茶治病："道意勿乏味，心绪病无悰。蒙茗玉花尽，越瓯荷叶空。

---

[1]［唐］刘禹锡著，瞿蜕园笺证，《刘禹锡集笺证（中）》第773页，上海古籍出版社2009版。

锦水有鲜色，蜀山饶芳丛。云根才翦绿，印缝已霏红。曾向贵人得，最将诗叟同。幸为乞寄来，救此病劣躬。"（孟郊《凭周况先辈于朝贤乞茶》）孟郊自言意趣低沉、心绪不安，想来是家中的好茶已经喝完的缘故，今年又到了蜀中上新茶的时候，于是想请朋友在朝中求点儿好的蜀茶来，以疗治这生病的羸弱之躯。孟郊这番风趣的讨茶，可见他对蜀茶痴迷、热衷。

蜀中好茶胜过灵药、胜过美酒，施肩吾作《蜀茗词》云："越碗初盛蜀茗新，薄烟轻处搅来匀。山僧问我将何比，欲道琼浆却畏嗔。"诗人想说蜀茶胜过美酒，却怕朋友取笑。宋代名臣文彦博则大方地说了出来，其《寄致政太师相公（杜）四首》之四《蒙顶茶》云："旧谱最称蒙顶味，露芽云液胜醍醐。""醍醐"指美酒。明代状元杨慎作《鹧鸪天·以茉莉沙坪茶遗少岷》云："云叶嫩，乳花新。冰瓯雪瓯却杯巡。清风两腋诗千首，舌有悬河笔有神。"也是以酒比茶。近代学者赵朴初的《忆江南·访青城山》云，"青城好，一绝洞天茶。别后余香留舌本，携归清味发心花，仙茗自仙家"，茶便是仙茶了。

一盏清茶让人清静忘却烦恼，清代黄云鹄作《蒙山留题》即说，"解渴咽仙茶，涤烦沃甘露。更喜四山青，云芽千万树"；茶的妙处不仅在于欣赏制作过程、懂得珍惜，更在于要吃出茶的甘洌清甜，懂得品味，方才不算枉费。清人闵钧的《茶》，详细地记下了这些过程：

闲将茶课话山家，种得新株待茁芽。

为要栽培根柢固，故园锄破古烟霞。（种）

筠篮携向领头来，一度春风雀舌开。

好傍高枝勤采摘，东皇昨夜试春雷。（采）

摘叶归来已夕阳，盈盈嫩绿满篮芳。

苦心为底分明甚，待与群仙供玉堂。（拣）

轻轻微飔落花风，茶灶安排兽炭红。

亲炙几番微火候，人声静处下帘栊。（焙）

薄润犹含雨露鲜，离披散叶尚纷然。

请将一付和羹手，捏作龙团与凤团。（饼）

酒得泥封味愈甘，蜜经蜂酿耐咀含。

物性总觉深藏好，郁郁茶香此意谙。（窖）

葵倾芹献亦真诚，蒙顶仙茶得气深。

飞辔上呈三百叶，清芬仰见圣人心。（贡）

交易年年马与茶，利夷还复利中华。

岂知圣主包容量，不为葡萄入汉家。（市）[1]

　　闵钧活跃在清光绪年间，曾任成都尊经书院山长。他将茶的每个细节都赋成诗，生动刻画了茶农种植时的期待、采摘时的忙碌、拣选时的精细、焙制时的谨慎、成饼时的喜悦、窖藏时的老练、进贡时的自豪、茶马交易时的满足。茶是仙茶，但也因带着这份浓厚的人情而分外甘甜。如今蜀中各位给亲友寄新茶、表情谊，也正是延续了这份对茶的品鉴与欣赏。

三、茶馆

　　成都大街小巷都是茶馆，最开始叫茶铺，和人见面相约就说"去茶铺吃茶"，后来才改叫"茶馆"，去喝茶就要用"泡茶馆"才够生动。李劼人曾这样描写晚清时的成都："茶铺，这倒是成都城内的特景。全城不知道有多少，平均

---

[1]《名山茶业志》编纂委员会主编，《名山茶业志》第 429 页、第 472 页，方志出版社 2017 年版。

下来，一条街总有一家。有大有小，小的多半在铺子上摆二十来张桌子，大的或在门道内，或在庙宇内，或在祠堂内，或在什么公所内，桌子总在四十张以上。"[1] 茶馆是成都人生活中不可或缺的部分，泡茶馆、吃杯茶逐渐演化成一种全民的生活方式。沙汀说："除了家庭，在四川，茶馆，恐怕就是人们唯一寄身的所在了。我见过很多的人，对于这个慢慢酸化着一个人的生命和经历的地方，几乎成了一种嗜好，一种分解不开的宠幸，就像鸦片烟瘾一样。"[2] 对茶馆上瘾，就很形象地表达了当时四川人的这份依赖。

茶棚、茶坊、茶亭、茶房等应该很早就出现了，但具体到何时、何地、何种形式，却不可知。在从晚清到近代的《成都竹枝词》中，能看到关于茶馆的描写：

> 个个花园好卖茶，牡丹园子数汤家。
>
> "满城""关庙"荷池放，绿树红桥一径斜。
>
> （杨燮《锦城竹枝词》）[3]

> 文庙后街新茶馆，四时花卉果清幽。
>
> 最怜良夜能招客，羊角灯辉闹不休。
>
> （定晋岩樵叟《成都竹枝词》）[4]

"满城"也称少城，是清廷在 1718 年为当时驻扎成都的八旗官兵及其家属专门修建的城中城，如今宽窄巷子还保留着当时满城街巷的大概情形。满城中风景是成都城中最秀美的，荷花开放、绿树成荫、鸟喧林静、曲径通幽，茶馆开在这清幽雅静之处也最合适。人民公园就是以前的少城公园。在公园、花园

[1] 李劼人著，《李劼人选集》第 337-340 页，四川人民出版社 1980 年版。

[2] 沙汀著，《沙汀文集》第 6 卷，第 261 页，上海文艺出版社 1991 年版。

[3] 《成都竹枝词》第 42 页。

[4] 《成都竹枝词》第 63 页。

卖茶也是惯例，如今人民公园里的鹤鸣茶馆依然人潮拥挤、一座难求，这座百年茶馆，经历城市变迁的多少风雨、迎来送往了无数茶客，但鹤鸣茶馆依然是竹椅方桌、长嘴铜壶、白瓷盖碗的一贯风格。文庙后街是今天成都市图书馆门口的街道，临近人民公园，这里树木茂盛，环境雅致，也是茶馆聚集地。在老成都的府河、南河边，沿河两岸的茶馆比比皆是。

就像王笛先生所说，如今"茶馆是一个人们追求休闲活动的场所，人们在那里具有平等使用公共空间、追求公共生活的权利。每条街或附近几条街都有一个茶馆作为'社区中心'，人们去那里会友聊天、获得信息，或者打发时间。虽然喝茶不像饮酒会使人上瘾，但从一定程度上讲，茶馆生活能使人成'瘾'，或许可以说受一种诱惑，或形成一种习惯。"[1]

四川人天生就爱喝茶，从小就生长在茶馆之间的我们，似乎对满大街的茶铺子、盖碗茶，各式各样的茶客已经太习以为常，而忽略了这杯茶由来已久的历史和这口清茶的雅韵，今日喝茶不再只是"雪沫乳花浮午盏，蓼茸蒿笋试春盘，人间有味是清欢"（苏轼《浣溪沙》）的闲情逸致，而是繁忙生活中的一剂药，真如古人所云"此惠敌丹砂"啊。

---

[1] 王笛著译，《茶馆：成都的公共生活和微观世界 1900—1950》第 96 页，社会科学文献出版社 2010 年版。

第五节　未尝举箸忘吾蜀

　　四川人爱吃、会吃、好吃，恐怕是举世闻名的。自古以来对蜀人的定义就是"好辛香""尚滋味"，加上四川物产极为丰富，因此，"吃"便成了四川人乐于研究的美事。"民以食为天"是说基本的温饱问题。当温饱不再成为困扰，那么，琢磨菜式、口感、吃法，追求食材的新鲜、搭配、营养，甚至讲究器具与食材间相得益彰的美观享受，就是文人墨客、达官贵人的雅好。所谓"食不厌精、脍不厌细"，文人雅士并不避讳谈"吃"，也乐于自嘲就是"饕餮"客。清代大才子、诗人袁枚，专门写了本《随园食单》，介绍各种食材的吃法、各类烹饪的技巧、五花八门的菜式，记载了乾隆年间江浙一带的菜肴、粥饭、糕点、酒水总计 300 余种，成为后世奉为经典的美食名著；近代文学家梁实秋也有本散文集《雅舍谈吃》，在序文中先生反驳了宋代大儒朱熹"吃饱是天理、追求美味是人欲"[1]的观点，他说："我认为要求美味固是人欲，然而何曾有悖于天理？如果天理不包括美味的要求在内，上天生人，在舌头上为什么要生那么多的味蕾？"[2]就像《红楼梦》中史湘云那句"腥的膻的大吃大嚼，回来便是锦心绣口"，吃美食、写美文，梁实秋先生是如此，汪曾祺先生更是如此，何振邦说这是位"全方位的美食家"，不仅善于品尝，更善于烹制。此外，还有叶圣陶先生、李劼人先生等都是出了名的"好吃嘴"。"吃"是雅事，今日继"舌尖上的中国""风味人间"等美食纪录片大火之后，各类讲究"吃"的纪录片、

[1]《朱子语录》卷十三，问："饮食之间，孰为天理，孰为人欲？"曰："饮食者，天理也；要求美味，人欲也。"学者须是革尽人欲，复尽天理，方始是学。

[2] 梁实秋著，《雅舍谈吃·序》，《梁实秋散文集（第5卷）》293 页，时代文艺出版社 2015 年版。

综艺节目层出不穷，各类美食博主、美食作家、美食评论家也活跃在各种平台。古往今来的"好吃嘴"们往往写得一手好文章，川味川菜在诗词中频繁出现，留下了人世间活泼生动的记录，仿佛是那纷繁乱离时代的世外桃源。

辣椒虽在清代早期传入四川，但川菜菜系是在清代后期才形成的。清末傅崇矩的《成都通览》中记录了辣椒有 10 余个品种，菜肴、小吃已有 1328 种，此时川菜菜系已基本形成。[1] 那么，在川菜菜系形成之前，川菜是何情形？

苏轼是有名的美食家，大家熟知以他来命名的就有"东坡肉""东坡肘子"，另外还有"东坡羹"等。在苏轼的诗集中有上百首描写食物的作品。对于川菜，除美味之外，苏轼更寄托了对家乡的情感，如笔下的《元修菜》：

彼美君家菜，铺田绿茸茸。

豆荚圆且小，槐芽细而丰。

种之秋雨余，擢秀繁霜中。

欲花而未萼，一一如青虫。

是时青裙女，采撷何匆匆。

烝之复湘之，香色蔚其饛。

点酒下盐豉，缕橙芼姜葱。

那知鸡与豚，但恐放箸空。

春尽苗叶老，耕翻烟雨丛。

润随甘泽化，暖作青泥融。

始终不我负，力与粪壤同。

我老忘家舍，楚音变儿童。

此物独妩媚，终年系余胸。

君归致其子，囊盛勿函封。

张骞移苜蓿，适用如葵菘。

---

[1] 袁庭栋著，《巴蜀文化史》第 222 页，巴蜀书社 2009 年版。

马援载薏苡，罗生等蒿蓬。

悬知东坡下，塿卤化千钟。

长使齐安民，指此说两翁。[1]

　　"元修菜"俗称巢菜。苏轼在序文中说："菜之美者，有吾乡之巢，故人巢元修嗜之，余亦嗜之。元修云：'使孔北海见，当复云吾家菜耶？'因谓之元修菜。余去乡十有五年，思而不可得。元修适自蜀来，见余于黄，乃作是诗，使归致其子，而种之东坡之下云。"苏轼被贬黄州（今湖北黄冈市黄州区），老朋友巢元修从四川来见他，正值此时想起家乡味美的巢菜，又因老友名巢元修，便取名元修菜，还作了上面这首诗。苏轼自言离乡已有15年，但家乡的美味却牢记心间。巢菜很易生长，在将要开花时，嫩如青虫，就要赶紧摘下来，洗净蒸熟，加入盐、豆豉、姜、葱、橙皮等，那美味胜过鸡肉、猪肉，筷子都停不下来。到了春末菜就变老，最终在雨水的润泽下，化作青泥又滋养下一年的新苗。之后，苏轼便对老友说，我离家已久，一提起这菜就仿佛回到幼时，这是多年来一直让我记挂的。请你回去转告令郎，托他给我寄些来，就像当年张骞、马援移种苜蓿和薏苡，我拿来种在东坡（黄州东门外）下，造福此地百姓。今日看来，巢菜的苏氏吃法并不出奇，但却是东坡珍藏的秘方，就如他的词中说"人间有味是清欢"，这菜代表的故乡与幼时的记忆，这才是诗人真正追寻的。在他的另一首《春菜》也写道："北方苦寒今未已，雪底波棱如铁甲。岂如吾蜀富冬蔬，霜叶露牙寒更茁。久抛菘葛犹细事，苦笋江豚那忍说。明年投劾径须归，莫待齿摇并发脱。"[2]北方苦寒、蔬菜稀缺，不像四川到了冬季也不缺各类蔬菜瓜果，因此，苏轼想赶紧回到故乡，还说不要等到老态龙钟、无福消受了才回去。川菜，对于苏东坡而言，是故乡一种特殊的存在形式；对川

---

[1]　［宋］苏轼著，［清］冯应榴辑注，黄任珂，朱怀春校点，《苏轼诗集合注》第1112页，上海古籍出版社2001年版。（本书所引《苏轼诗集合注》均为此书，版本不再另注，请参考此处。）

[2]　《苏轼诗集合注》第759页

菜的品味，带着幼时的回忆，就如同我们常说有种味道叫"妈妈的味道"，这种味道是我们人生中吃过的最宝贵、无可替代的美味。苏轼之后，过了七八十年，伟大的爱国诗人来到蜀地，多少受苏轼的影响，也爱上了川菜，并乐于把蜀地作为故乡——他就是陆游。

陆游爱吃川菜，在他宦游成都的 6 年时间里，陆游走遍蜀中山水，吃遍各种川式美味。从他的诗中，我们可以看到他对川菜的情有独钟，以至调离四川后，依然心心念念，自嘲"老子馋堪笑，珍盘忆少城"。陆游将四川作为自己的第二个故乡，这份味蕾上的牵绊令他终生难忘。陆游于南宋宋孝宗乾道八年（1172）被任命为成都府路安抚司参议官。第二年，改派蜀州（今崇州）通判；5 月，改嘉州（今乐山）通判。淳熙元年（1174）调回蜀州。在嘉州任上，作《题龙鹤菜帖》：

先生直玉堂，日羞太官羊。

如何梦故山，晓枕春蔬香？

春蔬尚云尔，况我旧朋友。

万里一纸书，殷勤问安否。

先生高世人，独恨不早归。

坐令龙鹤菜，犹愧首阳薇。[1]

陆游在这首诗的序中说："东坡先生元祐中与其里人史彦明主簿书云：新春龙鹤菜羹有味，举箸想复见忆邪？""龙鹤菜"是蜀中的特色菜，勾起了苏轼的思乡之情。陆游在乐山（与苏轼家乡眉山相近）吃到这道菜，便想起苏轼。"玉堂"指翰林院，苏轼有诗即名《夜直玉堂》。"太官羊"指祭祀所用的羊。"太官"掌祭物。"羞"即馐，指美味的食品。"首阳薇"指伯夷、叔齐不食周粟，归隐首阳山采薇而食、最终饿死的典故。这首诗是借东坡先生的典故，身居朝廷、

---

[1]《剑南诗稿校注》卷四，第 300 页。

无法还乡，陆游便打趣说看来家乡美味的龙鹤菜，也比不过首阳山的薇菜。对于菜蔬的喜好，它不仅是个人口味的问题，在诗文创作中也暗含着诗人的情怀。如薇菜、荠菜、巢菜类，陆游就常提及。其《食荠》（三首）：

（一）

日日思归饱蕨薇，春来荠美忽忘归。

传夸真欲嫌荼苦，自笑何时得瓠肥？

（二）

采采珍蔬不待畦，中原正味压莼丝。

挑根择叶无虚日，直到开花如雪时。

（三）

小着盐醯助滋味，微加姜桂发精神。

风炉歠钵穷家活，妙诀何曾肯授人。[1]

这三首诗作于淳熙三年（1176），当时陆游在成都。陆游以"蕨薇"代指内心对归隐生活的向往，但蜀中荠菜的鲜美让人忘了这份念想。《诗经》中云"谁谓荼苦，其甘如荠"，所以陆游用此典故来表示对自己所乐之事那份怡然自得的心情。后两首重在赞叹荠菜的鲜美，稍微放点儿盐、醋、姜、桂调味，就是人间美味。从"吃"到品味人生，是这些自称"饕餮客"的人孜孜不变的情怀。

成都物产丰盛，为川菜探寻各种美味提供了天然条件。陆游在淳熙四年（1177），所作《饭罢戏作》云：

---

[1]《剑南诗稿校注》卷七，第18页。

南市沽浊醪，浮蚁甘不坏。

东门买彘骨，醯酱点橙薤。

蒸鸡最知名，美不数鱼蟹。

轮囷犀浦芋，磊落新都菜。

欲赓《老饕赋》，畏破头陀戒。

况予齿日疏，大胾敢屡嘬？

杜老死牛炙，千古惩祸败。

闭门饵朝霞，无病亦无债。[1]

　　陆游写在成都的南市买酒，酒香甘洌；在东门买肉，用醋酱加橙皮、薤白一起烹饪，肉味厚美。蒸鸡最有名，鱼啊、蟹啊也是美味。犀浦的芋头又圆又大，新都的蔬菜新鲜壮实，想要续作东坡先生的《老饕赋》，又怕坏了头陀戒，何况我年龄日益大了，大块的肉一次敢吃好几块吗？杜甫当年因耒阳县令赠的烤牛肉，大吃大嚼醉一场，结果命都没了，这是千百年来的祸因啊。我还是闭门谢客，每天以朝霞为食，这样就无病也无债。这首诗写出了成都的市场、成都的美食、烹饪美食的调味，一边夸着成都有最好的蔬菜、肉类和美酒，一边又用古人的故事告诫自己不可过度放纵，怕身体吃不消。但这"饵朝霞"只是心理安慰和障眼法吧，毕竟陆游在离开成都后，还想念川菜想得无法自拔。其《巢菜》云：

冷落无人佐客庖，庾郎三九困讥嘲。

此行忽似蟆津路，自候风烛煮小巢。[2]

　　这首诗作于南宋宋孝宗淳熙十一年（1184）春，陆游在山阴（绍兴古县

---

[1]《剑南诗稿校注》卷九，第122页。
[2]《剑南诗稿校注》卷十六，第79页。

名，今绍兴市越城区、柯桥区），已离开成都近 6 年时光，在诗的序文中，陆游说："蜀蔬有两巢，大巢，豌豆之不实者；小巢，生稻畦中，东坡所赋元修菜是也，吴中绝多，名飘摇草，一名野蚕豆，但人不知取食耳。予小舟过梅市得之，始以作羹，风味宛如在醴泉蟆颐时也。"巢菜，是南宋时期四川常吃的一种菜。苏轼称其为元修菜，还专门作诗记之（见上文）。这年冬天，陆游作《冬夜与溥庵主说川食戏作》也提道："大巢初生蚕正浴，小巢渐老麦米熟。"过了两年，淳熙十三年（1186）春，作《思蜀》又说："流匙抄薏饭，加糁啜巢羹。"所以，当在山阴遇到巢菜，陆游是有他乡遇故知般的开心，赶紧不管众人纷说，采回去做一道川味小菜，以解相思之苦。"醴泉""蟆颐"，都在今眉山市。陆游通过川菜记住四川，锁住了专属于他的美食记忆。在山阴期间，曾作多首与川菜相关的诗来回忆蜀中的时光，"东来坐阅七寒暑，未尝举箸忘吾蜀""常思晚秋醉，未与故人疏""西郊有旧隐，何日返柴荆"，这些句子都是想起四川而满心向往，陆游是想晚年再回到四川养老，而最终未能如愿。直到绍熙三年（1192），陆游还写道：

> 新津韭黄天下无，色如鹅黄三尺余。
>
> 东门彘肉更奇绝，肥美不减胡羊酥。
>
> 贵珍讵敢杂常馔，桂炊薏米圆比珠。
>
> 还吴此味那复有，日饭脱粟焚枯鱼。
>
> 人生口腹何足道，往往坐役七尺躯。
>
> 膻荤从今一扫除，夜煮白石笺阴符。[1]

（陆游《蔬食戏书》）

新津韭黄是天下一绝，嫩如鹅黄之色；成都东门猪肉最好，陆游已提到数次，说是肥美胜过塞上的羊酥；这些珍贵的美味竟然是蜀人平时家常就可以

---

[1]《剑南诗稿校注》卷二十四，第 452 页。

吃到的，还有那桂花酒酿圆子汤，那圆子就像珍珠一般晶莹。这些美味我在吴中再也没有吃到，不过是吃些糙米和干鱼罢了。古人云，人生的口腹之欲不提倡，为了吃累坏了身体不值得，那从今我就不吃膻的荤的，夜煮白石为粮，细读各类兵书。"煮白石"典出《神仙传·白石先生》，隐遁仙人白石先生煮白石为粮。"阴符"或指《太公阴谋》81 篇，已散佚，后泛指兵书。在想念蜀中的美味时，笔锋忽转，既然吃不到美味，那我就都不吃了，从此好好读兵书吧，毕竟收复中原的夙愿还没实现。然而，陆游最终是带着"王师北定中原日，家祭无忘告乃翁"的嘱托而离去。现在来看，幸而在蜀中的 6 年里有山水、美食给予慰藉，让陆游以"吾蜀"为念，以中原为念，坚持着驱逐金人的主张。所以，食物似乎不只是维系着七尺之躯，对美味的追寻，也是精神上的一种栖息。

味觉记忆是一种准确、持久、灵敏、细微化的记忆形式，它包含了体验者品尝食物的具体感受、体验者对食物的理解，以及个人的特殊经验，甚至是情感的参与。川菜成为菜系，有其不同于其他菜系的独到之处和优胜之处，但在成为菜系之前，在诗人的笔端，它以美味的形式承载着更丰富的情感。所以，往往谈"吃"，又不仅是在谈"吃"而已。

即如清代李调元写《豆腐》："家用为宜客用非，合家高会命相依。石膏化后浓于酪，水沫挑成绉成衣。剁作银条垂缕滑，划为玉段截脂肥。近来腐价高于肉，只恐贫人不救饥。"前半段都是描写豆腐的产生过程，和豆腐光滑莹白的质地。最末两句则感慨物价飞涨，百姓日子艰难，如今我们还在说那句"豆腐卖成了肉价钱"。冯家吉的《竹枝词·咏麻婆豆腐》，也是写豆腐，内容却大不相同："麻婆陈氏尚传名，豆腐烘来味最精。万福桥边帘影动，合沽春酒醉先生。"麻婆豆腐鲜香麻辣，是川菜中的名菜、代表作，豆腐味道如此巴适，诗人说，这里面也有那壶春酒和麻婆名气的缘故。

川菜的发展过程中有很多名人趣事，也逐渐涌现出各类口碑非常好的名店，这增加了川菜的吸引力与川菜的风味，著名的如"宫保鸡丁""夫妻肺片""麻婆豆腐"，还有著名小吃"洞子口张凉粉""龙抄手""钟水饺""赖汤圆"等。清代文人周菊吾作《少城名小吃》，从题目"祠堂街邱胡子餐馆""八宝街夏家豆花饭店""黄瓦街口猪油米花糖""守经街洗沙包子""商业街口麦馨水饺""焦家巷口烤红薯"，就可以嗅到川味小吃里浓浓的人情味。在成都有很多百年老店，如荣乐园餐厅，数百年不变的店面、口味、菜式，在这些代代传承中，也讲述着那只属于老成都的风雅韵事。川菜，汇集了千百年来的美食经验，承载着苏轼、陆游等名人的情怀。川菜成为中国五大菜系之一，在国内外广受好评，除味道是第一位之外，也有从古蜀以来一直积累的历史人文与风土人情，所以，品味川菜，更是在品味成都特有的地域文化。

第六节　万里桥边多酒家

酒能使文人产生奇妙的创作灵感，获得飘飘欲仙的美好感受，大多文人都是酒的爱好者，曹操的"何以解忧，唯有杜康"、陶渊明的"把酒话桑麻"、李白的"斗酒诗千篇"、杜甫的"痛饮真吾师"、白居易的"不多饮酒懒吟诗"、苏轼的"几时归去，作个闲人。对一张琴、一壶酒、一溪云"、李清照的"三杯两盏淡酒"、辛弃疾的"醉里挑灯看剑"、陆游的"披裘对酒难为客"、杨慎的"一壶浊酒喜相逢"，等等，都是诗酒快意的表达。酒寄托诗人特定的情感，洒脱、愁闷、愉悦、痛苦、悲伤、闲适等，都可以通过酒来言说。所以，诗歌是离不开美酒的。

四川有好菜，自然也有好酒，蜀中美酒也天下闻名。那些家喻户晓的名酒"五粮液""水井坊""泸州老窖""剑南春""郎酒""沱牌"等，都是川酒的杰出代表。古往今来，四川的美酒品类繁多，比如文人笔下提到的烧酒、郫筒酒、文君酒、薛涛酒等，从酒名就已经能猜想到这背后的故事。四川有悠久的酿酒历史，在秦汉时期，成都的饮酒之风就已盛行，西汉时成都人王褒作《僮约》就规定奴仆"不得嗜酒"；再如卓文君与司马相如在临邛当街卖酒留下"文君当垆，相如涤器"的美谈，酿酒、卖酒、饮酒早就成为蜀人生活的组成部分。到了唐代，随着成都经济的繁荣及人口流动增大，各式酒铺也逐渐兴起，并聚集在特定的区域，形成买酒畅饮的首选去处，即如"万里桥""锦里"等。唐代张籍来到成都，在其《成都曲》中写道："锦江近西烟水绿，新雨山头荔枝熟。万里桥边多酒家，游人爱向谁家宿。""万里桥"，今南门大桥，俗称老南门大桥，因当年诸葛亮在此送别费祎，费祎云"万里之路，始于此桥"而得名。唐代时，万里桥附近是酒铺、酒垆聚集地，才子佳人在此欢饮，因此薛涛说"万里桥头独越吟，知凭文字写愁心"，刘禹锡有"凭寄狂夫书一纸，家住成都万里桥"之句，使得"万里桥"成为当时成都著名的商贸区；还有"锦里"，晚唐陆龟蒙作《酒垆》写道："锦里多佳人，当垆自沽酒。高低过反坫，大小随圆瓯。数钱红烛下，涤器春江口。若得奉君欢，十千求一斗。""锦里"在成都城西，秦汉三国时是成都织锦的集中区域，因此取名锦里。今锦里紧邻武侯祠，已开发成为成熟的旅游胜地。唐代这里也是商业繁华之地，到处酒铺林立，同样演绎着美人当垆卖酒的故事，延续着才女卓文君的佳话。卢照邻《十五夜观灯》有"锦里开芳宴，兰缸艳早年"的诗句，描绘了锦里夜宴的欢乐热闹，徐寅《荔枝二首》写道："锦里只闻销醉客，蕊宫惟合赠神仙。"写出了锦里多酒家也多醉客的情形。无论是万里桥，还是锦里，繁华热闹总是与酒紧密关联。成都多美酒，在诗人的笔下是个活色生香的世界。

一、烧酒

晚唐成都人雍陶作《到蜀后记途中经历》写道：

剑峰重叠雪云漫，忆昨来时处处难。

大散岭头春足雨，褒斜谷里夏犹寒。

> 蜀门去国三千里，巴路登山八十盘。
>
> 自到成都烧酒熟，不思身更入长安。[1]

　　蜀道难走，李白那首《蜀道难》刻画得再形象不过，雍陶晚年由长安翻越秦岭回到蜀中，跋山涉水异常艰辛。但最后那句，似有峰回路转、豁然开朗的轻松愉悦。支撑着诗人不畏艰险、不断向前的精神力量便是成都的烧酒，一到成都能喝上那醇美的烧酒，便从此再也不想去长安了，也喻示成都的安逸生活，让诗人不愿在仕途上奋力挣扎。烧酒是成都常见也普遍流行的一种酒，是无色透明的蒸馏酒，也称白酒。明人姚氏的《竹枝词》中也写道："卓女家临锦水滨，酒旗斜挂树头新。当垆不独烧春美，便汲寒浆也醉人"。烧春就是成都的烧酒。

二、酴醾[2] 酒

　　酴醾酒采用一种特别的酿酒方法制成，宋代时在成都地区流行。酿酒时，将香料"木香"研成粉末放入瓶中；开瓶饮酒时再在酒面上加荼蘼花，酒香与花香相融，大受风雅名士的欢迎。关于酴醾酒还流传着一个典故，当年北宋文学家、华阳人范镇与朋友雅集荼蘼架下，以花落谁杯，即饮尽杯中酒，结果风吹花落，人人杯中都有荼蘼花，因此这场集会又被称为"飞英会"。可见，酴醾酒的出现与文人的风雅大有关系。又如南宋诗人杨万里作《尝荼蘼酒》云：

> 月中露下摘荼蘼，泻酒银瓶花倒垂。
>
> 若要花香熏酒骨，莫教玉醴湿琼肌。
>
> 一杯堕我无何有，百罚知君亦不辞。

[1] 中国社会科学院文学研究所编，《唐诗选（下）》第 208 页，北京出版社 1982 年版。

[2] 酴醾，一作"荼蘼"，本为花名。亦有因颜色似酒，故从"酉"部以为花名，产于陕西秦岭南坡以及湖北、四川、贵州、云南等省。

敕赐深之能几许，野人时复一中之。[1]

诗中写月夜中于荼蘼花沾有清露的那一刻摘下，佐以美酒，以花香熏酒骨，多少柔情都在其中。

三、郫筒酒

郫筒酒是郫县生产的一种名酒。据《华阳风俗录》："郫县有郫筒池（今郫筒井），池旁有大竹，郫人刳其节，倾春酿于筒，苞以藕丝，蔽以蕉叶，信宿香达于外，然后断之以献，俗号郫筒酒。"[2] 这段文字记载说明了郫筒酒的做法，融会了竹香、蕉香、酒香，具有独特的香味。唐宋时期郫筒酒就已远近闻名，杜甫诗云，"鱼知丙穴由来美，酒忆郫筒不用酤"（杜甫《将赴成都草堂途中有作先寄严郑公五首》），丙穴泛指嘉鱼，郫筒则为酒中精品，杜甫因而并提；苏轼诗亦云，"所恨蜀山君未见，他年携手醉郫筒"（苏轼《次韵周邠寄〈雁荡山图〉二首》），苏轼说朋友虽不能到蜀中，若能和朋友畅饮郫筒酒，也算是让朋友领略了几分风采；南宋淳熙年间，陆游来到成都，就在原产地喝到了郫筒酒，回到山阴便久久不能忘怀，诗云，"长瓶磊落输郫酿，轻骑联翩报海棠"（陆游《夜闻雨声》），认为各色酒中还是以郫筒酒为最优。一直到清代，郫筒酒都全国闻名。李调元《题酒泉亭赠郫令牛萼亭鼎》云：

> 只知地下有，谁意在人间。
> 李白诗空好，刘伶去不还。
> 乱鸦啼柏树，老隶守柴关。
> 可似廉泉否？知君不赧颜。[3]

[1] 于可训著，《于可训文集·古诗选注》第 765 页，长江文艺出版社 2018 年版。
[2] 转引自《杜诗详注·将赴成都草堂途中有作，先寄严郑公》，清代仇兆鳌注，中华书局 2015 年版。
[3]［清］李调元著，罗焕章主编，陈红，杜莉注释，《李调元诗注》第 240 页，巴蜀书社 1993 年版。

诗人李白、刘伶因好酒都被称为"酒仙"，此指二人无口福品尝郫筒酒。"廉泉"喻家乡风土醇美，江西赣州一处名胜也名"廉泉"，北宋绍圣年间，苏轼路过赣州，曾在廉泉边与当地隐士阳孝本彻夜长谈，著有《廉泉》诗。"赧颜"指因羞愧而脸红。李调元此诗写清代郫筒池酒泉的现状，想当年唐宋时此地产出天下名酒，李调元才会发出"谁意在人间"的感慨。末两句，以"廉泉"之典，赞郫县令牛蕚治理乡土，颇有政绩。

四、薛涛酒

薛涛酒其实并非薛涛所酿，取这个美名，是因为酒的酿制采用了薛涛井的井水，因此借此雅名。相传乾隆五十一年（1786），山西王氏兄弟在成都东门外水井街开设"福升全"烧坊，酿酒师傅根据成都的气候、水质、原料和窖龄等，采用薛涛井的井水酿制，故而取名"薛涛酒"。此酒酒香醇甜、爽口尾净，成为当时的名酒。清道光四年（1824）"福升全"改名"全兴成"，酿酒技艺也不断改良，薛涛酒改名为"全兴酒"。到民国十三年（1924），烧坊搬到暑袜街，酒名又改叫"全兴大曲"[1]。而今享誉川内的"水井坊"就是出自这个历史悠久的酒坊。

薛涛酒因名而平添几分滋味。清代张问陶（四川遂宁人）作《朴园属咏薛涛酒》云：

> 人间何处薛涛笺？汲井烹茶亦惘然。
>
> 千古艳才难冷落，一杯名酒忽缠绵。
>
> 色香好领闲中味，泡影重开死后缘。
>
> 我醉更怜唐节镇，枇杷花底梦西川。[2]

---

[1] 成都市地方志编纂委员会编纂，《成都市志·大事记》第 648 页"全兴酒的形成"，方志出版社 2010 年版。

[2] ［清］张问陶著，成镜深主编，《船山诗草全注》第 2005 页，巴蜀书社 2005 版。

　　"朴园"即林朴园，是张问陶妻兄。当诗人品味薛涛酒时，便不免想起这位蜀中大才女。薛涛生前诗友众多，离世后，只因有这杯酒不免使人们时常会想起她，终不算冷落。酒清香甘洌，在这梦幻泡影的感受中诗人似乎能见到那过去的人，在酒醉之时，竟对与薛涛交好的西川节度使韦皋充满同情，因薛涛住处遍种枇杷花，因此便说"枇杷花底梦西川"，"梦西川"典出《晋书·王浚传》，王浚因梦见三刀悬于屋梁上，后又增益一刀，故有"三刀为州字，又益一者，明府其临益州乎？"之说，后王浚果为益州刺史。后来便以"梦刀"为高升的吉兆，"梦西川"即指西川节度使。元稹在《寄赠薛涛》中亦云："纷纷醉客多停笔，个个公卿欲梦刀"。薛涛酒因这雅名，而让品味的人多了几分柔情。又如，晚清冯家吉《薛涛酒》云：

　　　　枇杷深巷旧藏春，井水留香不染尘。
　　　　到底美人颜色好，造成佳酿最醺人。[1]

　　薛涛酒的烧坊原在水井街，一是离薛涛井近，二是靠近大佛寺。据说"福升全"的得来就是因"大佛寺"中的"全身佛"，为得庇佑，便取倒读谐音。杨燮《锦城竹枝词》云：

　　　　"大佛寺"前放画船，"薛涛井"畔汲清泉。
　　　　回船买得薛涛酒，佛作斋公我醉仙。[2]

　　薛涛酒因与薛涛、与大佛寺的关系，在品味酒香之外，又比别的酒更多了一些雅趣。后来，薛涛酒更名为全兴大曲，酒香不变。清末民初，成都著名的"五老七贤"之一双流人刘咸荥作《咏全兴大曲》说：

---

[1]《成都竹枝词》第 87 页。
[2]《成都竹枝词》第 44 页。

盏底清浮别有香，秋光酿出浅深黄。

室中有酒无人送，带月归来笑举觞。[1]

及至现在，全兴大曲依然是成都人家喻户晓的名酒。刘咸荥的品酒伴着对秋收的珍惜与感激，酒盏中的清香让夜归人感到温暖、慰藉。披满身星光，独自举杯，也是人生趣事。这份情怀，没有酒怎么能成呢？

五、蜜酒

蜜酒早已有之，而以苏轼作《蜜酒歌》才广为人知。绵竹武都山道士杨世昌精通酿制蜜酒，苏轼从杨道士那里得来独门配方，于是就自制蜜酒并作诗相赠。此诗云：

真珠为浆玉为醴，六月田夫汗流泚。不如春瓮自生香，蜂为耕耘花作米。一日小沸鱼吐沫，二日眩转清光活。三日开瓮香满城，快泻银瓶不须拨。百钱一斗浓无声，甘露微浊醍醐清。君不见南园采花蜂似雨，天教酿酒醉先生。先生年来穷到骨，问人乞米何曾得。世间万事真悠悠，蜜蜂大胜监河侯。[2]

"真珠"指珍珠。"醴"指甜酒。"蜂为耕耘花作米"，是将蜜蜂采花蜜与田夫耕耘对照。酿蜜酒所需的主要材料就是蜂蜜与酒米。下文便形容酿制的过程，每日蜜酒的变化，从像小鱼吐沫到酒水转为清亮，第三日打开酒瓮满城都能闻到香味。趁此时要赶紧把蜜酒滤倒在酒瓶中。"浓无声"是形容酒醇厚清香，倾倒无声。最末句"监河侯"出自《庄子·外物》，庄子因家贫向监河侯借米，后来便以此形容"借贷"。诗中是说先生穷困，为人借米不得，而却喝

[1] 周啸天编撰，《历代名人咏四川》第 254 页，四川人民出版社 2019 年版。
[2] 《苏轼诗集合注》第 1084 页。

上了这么美味的蜜酒，蜜蜂的宽厚胜过监河侯啊。这首诗不仅生动介绍了蜜酒
变化的细节，也借这位"穷到骨"的先生之口感叹人生的冷暖。苏辙在这之后，
便作了一首诗回应：

> 蜂王举家千万口，黄蜡为粮蜜为酒。
>
> 口衔润水拾花须，沮洳满房何不有。
>
> 山中醉饱谁得知，割脾分蜜曾无遗。
>
> 调和知与酒同法，试投曲蘖真相宜。
>
> 城中禁酒如禁盗，三百青铜愁杜老。
>
> 先生年来无俸钱，一斗径须囊一倒。
>
> 餔糟不听渔父言，炼蜜深愧仙人传。
>
> 掉头不问辟谷药，忍饥不如长醉眠。[1]

（《和子瞻蜜酒歌》）

　　顺着苏轼的诗继续延伸开去，苏辙讲到蜜蜂的不容易，又讲酿制蜜酒其实
也很难，各种材料的调和就是智慧。再讲城中禁酒令严格，加之先生又无俸禄
钱，市上的酒是绝对买不起的。"餔糟"出自《楚辞·渔父》篇，指吃酒糟。"炼
蜜"指熬炼蜂蜜。"仙人"指杨道士。"辟谷"指道家养身的不食五谷。最末两
句即说，只要有这蜜酒，哪里还过问道家辟谷，忍耐饥饿还不如长醉不醒。蜜
酒在苏氏两兄弟笔下，已不再是助兴或者遣怀，而是人生最失意时的安慰，是
让人远离现实痛苦的最佳选择，因此，蜜酒可不就是人生最需要的"蜜"酒吗？
　　四川名酒繁多，以上五种常见于诗人的笔下。唐宋时期，成都以酒香闻
名，到清代成都逐渐兴起各类作坊、酒铺。据统计，成都地区"仅作坊就有
496家，本地生产的白酒、桂花酒，以及一些少量的特供酒等就有十余个品种"

---

[1]［宋］苏辙著，曾枣庄，马德富校点，《栾城集》（上）第286页，上海古籍出版社2009年版。

[1]。清人吴好山写道："酒数森山与玉丰，别家香味总难同。泥头好又陈年好，引得人人困此中。"（《竹枝词》）这森山、玉丰，就是酒坊名；泥头、陈年，是两种酒名。从这首诗中就可得知，在清代成都酒坊林立，酒客需要货比三家的情形。

　　以上，通过古今诗词中的相关内容，让我们对古代成都物质生活的吃穿用度等方面大致都有了一些了解。从蜀锦的灿烂、蜀笺的优雅、蜀琴的沉郁里，我们看到了成都的生活美学；从川菜的鲜香、川茶的甘洌、川酒的爽口中，我们感受到了成都的耐人寻味。成都这份独有的优雅，至今一直延续传承着，并随着历史的变迁而不断发展、更新。

---

[1] 成都市地方志编纂委员会编，《成都市志·大事记》第 648 页"全兴酒的形成"，方志出版社 2010 年版。

第三章
情义成都

　　自古以来，成都就是一座极为友善、包容的城市，这种城市精神体现在城市生活中，也体现在成都人民的群体性格中。即如川菜不仅自身特色鲜明，也吸收了其他各地菜系特色；川剧也是融会昆腔、高腔、胡琴、弹戏、灯调五种声腔而形成；今日川人也多是经历历史上的几次移民从其他各地迁来的，所以，这座城市从来都是开放包容的，在此生活的人们也常是其乐融融、热情友善，就像成都人常说的那句"没有什么是一顿火锅解决不了的，如果不能嘛，那就两顿。"这份通透、豁达、乐观，是成都城市精神的生动体现，而这座城市的"温暖"是从很久以来就一直在积累的。

第一节 归凤求凰意

西汉的某个清晨，在临邛（今成都邛崃）的大街小巷，人们都在窃窃私语地议论着，此时首富卓王孙家已经乱成一锅粥，原来卓家的千金小姐在昨夜里私自与男子幽会，并一起逃到成都去了。在那以"父母之命，媒妁之言"为准则的年代，这绝对是爆炸性的新闻，更何况还是首富家的女儿，这是一位集才华、容貌、财富、家世于一身的传奇女子——卓文君。这段历史流传千年，在道德评价中几经翻转，但终因卓文君的勇敢、智慧、勤劳得到大众认可，使得"文君夜奔"成为爱情佳话。

即如清代学者王闿运诗云："厮养娶才人，天孙嫁河鼓。一配匆匆终百年，泪粉蔫花不能语。君不见，卓女未尚长卿时，容华倾国不自知，簪玉鸣金厌罗绮，平生分作商人妻。良史贱商因重侠，笔底琴心春叠叠。一朝比翼上青霄，阙下争传双美合。使节归来驷马高，始知才貌胜钱刀。古来志士亦如此，胶鬲迁殷援去鬲。卓郑从今识文理，有女争求当代士。锦水鸳鸯不独飞，春来江上霞如绮。得意才名难久居，五年倦仕谢高车。华阳士女论先达，惟有临邛一酒垆。"[1] 卓文君是卓王孙的掌上明珠，卓家以冶铁成为蜀中首富。在卓文君十七岁时，因丈夫去世而寡居，回到卓家。"卓女未尚长卿时"就是指这期间。一日，卓王孙宴请四方宾客，临邛县令王吉是座上宾，王吉从成都来的朋友司马相如也一同被邀请。席间，司马相如才华出众又善于弹琴，便当众用绿绮琴演奏了一曲《凤求凰》。《凤求凰》是以凤对凰的追求比拟男子对女子的思慕，歌

---

[1] ［清］王闿运著，马积高主编，《湘绮楼诗文集5》第150页，岳麓书社2008年版。

词唱到"有一美人兮，见之不忘。一日不见兮，思之如狂"，可知这是一首大胆的求爱歌。司马相如为何在宴席场合演奏求爱之曲？"笔底琴心春叠叠"，说的就是相如弹琴，意在挑逗这家的小姐。当这悠扬的琴声穿过大厅、回廊、花园传到小姐闺房时，就注定这一场轰轰烈烈的爱情故事绝不平凡。卓文君早就听闻过大才子司马相如的雅名，这次司马相如能来赴宴，似乎也是两人冥冥之中的缘分，文君也精通音乐、熟知琴曲，她自然明白这首曲子的深意，曲词中有句"凤兮凤兮从我栖，得托孳尾永为妃。交情通意心和谐，中夜相从知者谁？"这无疑是发出私奔的邀请，愿远走高飞成为夫妻。文君从窗户门帘窥见相如的人才风采，更是一见倾心。相如便花重金买通文君身边的侍女，给文君传递书信。文君当夜即收拾衣物，义无反顾地去赴这场离经叛道、私订终身的约会。所以，王闿运说"一朝比翼上青霄，阙下争传双美合"，在当时文君和相如是顶着违背伦常礼教的重压，成为街头巷尾的谈资，这"双美合"的赞许还要等很多年之后。

二人连夜从邛崃来到成都，爱情的美好即如昨夜星辰，在黎明破晓的时分，总会迎来现实生活的拷问。卓文君没有想过司马相如的家世，当看到这位才子家徒四壁时，文君一改娇小姐的姿态，昔日"簪玉鸣金厌罗绮"的奢靡生活已经远得像上个世纪，这位娇妻开始经营盘算。不过巧妇难为无米之炊，在没有任何经济基础的条件下，他们连吃饭都困难，就更别提做成任何事了。被逼无奈，这对苦命鸳鸯在无数人的目光和议论中回到临邛。这件事对于一度被视为女子典范的文君来说，太考验她的魄力与毅力了。他们回到临邛，卖掉车马，向文君兄弟借了些钱，便在临邛的街上买了间铺子卖酒，于是便有"文君当垆，相如涤器"的佳话。卓王孙脸面上挂不住，只好分给文君"僮百人，钱百万，及其嫁时衣被财物"，文君便和相如又回到成都，买田买宅，成了富人。之后，相如因辞赋出众，受到汉武帝赏识，赐郎官。据说司马相如从成都去长安曾路过一桥，立下誓言"不乘高车驷马，不过汝下"，后来果为官，这座桥便命名为"驷马桥"。王闿运诗中"卓郑从今识文理，有女争求当代士"，就是描绘富商豪门从相如身上看到有文采的前途，于是家有女儿的都遍求天下贤士。那位当时被人诟病、指责的卓文君，又成为蜀中女子的榜样。文君与相如的爱情故事也就成了千百年来大胆追求爱情自由的男女们的榜样。

如今，成都有条街叫"琴台路"，相传为相如当年抚琴之处（司马相如的故宅约在今文化公园、青羊宫附近[1]）。街道上设有三尊雕塑，最南边的就是以司马相如和卓文君的爱情故事为题材的"凤求凰"。

"琴台"得名于杜甫的《琴台》诗：

> 茂陵多病后，尚爱卓文君。
>
> 酒肆人间世，琴台日暮云。
>
> 野花留宝靥，蔓草见罗裙。
>
> 归凤求凰意，寥寥不复闻。[2]

"茂陵"在陕西兴平市东北，因汉武帝陵墓建于此而置茂陵县。司马相如患病，曾家居茂陵，故有"茂陵多病"之说，杜甫回忆相如与文君曾当街卖酒，如今在落日余晖下相如抚琴的故址仍在，而人事早已远去。"宝靥"指唐代妇女颊上所涂的妆饰物，又唐时妇女多贴花钿于面，谓之靥饰，这里指笑容、笑脸。杜甫见琴台周边长满野花蔓草，就想起美丽的文君来。而今这里只剩下故址与花草，还有代代流传的故事，只是那《凤求凰》的曲子再也无法听到了。

杜甫感叹司马相如和卓文君因《凤求凰》定情，古今多少人都为这份真挚感情，为这份突破重重阻力的决心与勇气而打动。在巴蜀大地，体现"情义"二字的动情故事很多，除了爱情，还有雪中送炭、患难与共的友情，即如杜甫与严武。

---

[1] 袁庭栋著，《成都街巷志》第 535 页，四川文艺出版社 2017 年版。
[2]《杜诗详注》第 978 页。

第二节　一生襟抱向谁开

杜甫与严武的友情有很长的一段历史。早年，杜甫与严武的父亲（严挺之）关系密切，在严武幼时即云"昔在童子日，已闻老成名"。之后，严武、杜甫都与房琯交好，又都因房琯而贬官，这段经历也增进了他们的关系。不过，杜甫与严武的深情厚谊集中体现在二人在成都期间。严武一生共3次入蜀为官，根据史书记载梳理如下。

（1）至德二载（757），任给事中。次年出任绵州刺史，迁东川节度使。不久调回京，任侍御史、京兆尹。

（2）上元二年（761）十二月，任成都府尹兼御史大夫、剑南节度使。宝应元年（762）七月，严武被召回京，迁京兆尹兼御史大夫，监修唐玄宗、唐肃宗陵墓。

（3）广德二年（764）初，朝廷再次任命严武为成都尹、剑南节度使。

从严武第二次入蜀，直到永泰元年（765）四月，严武突患疾病，死于成都（杜甫也因此离开成都），这期间二人诗歌往来非常频繁。下面我们就按时间先后依次进行回顾和梳理。

一、在成都期间（宝应元年上半年）

杜甫于唐肃宗乾元二年（759）入蜀，严武于上元二年（761）任剑南节度使。在宝应元年（762），严武便作《寄题杜二锦江野亭》，写道：

> 漫向江头把钓竿，懒眠沙草爱风湍。
>
> 莫倚善题鹦鹉赋，何须不著鵕䴆冠。
>
> 腹中书籍幽时晒，时后医方静处看。
>
> 兴发会能驰骏马，应须直到使君滩。[1]

　　因杜甫的草堂在浣花溪畔，因此，严武说杜甫有江头钓鱼、懒卧草滩的闲适日子。《鹦鹉赋》是汉代祢衡所作，因祢衡才思敏捷，在很短时间内写成，后世便用这个典故形容人文采出众。鵕䴆指锦鸡，一般只有重臣才用锦鸡羽毛装饰帽子，这两句是严武劝杜甫不要只作诗，要发挥才华去做官。后两句称赞杜甫腹有经纶、有救世良方，却都隐藏着不拿出来使用。最末说如果杜甫愿意出山，严武将亲自到家去请。严武诚心邀请杜甫，杜甫便写了《奉酬严公寄题野亭之作》作为回复：

> 拾遗曾奏数行书，懒性从来水竹居。
>
> 奉引滥骑沙苑马，幽栖真钓锦江鱼。
>
> 谢安不倦登临费，阮籍焉知礼法疏。
>
> 枉沐旌麾出城府，草茅无径欲教锄。[2]

　　严武说杜甫闲适，杜甫便说自己生性懒散，贬官之后就热爱依水傍竹而居。"奉引"指在皇帝前导引车；"沙苑"，地名，在陕西大荔县洛水、渭水之间，适宜养马。唐朝在此设置牧马监。此句是谦称自己在做左拾遗时，并没有做好导引。下句则写如今在锦江边过着闲散的生活。"谢安"句是代指严武殷勤过问，"阮籍"句则谦称自己有所怠慢。最末，"旌麾"指帅旗，此代指严武，意思是枉费你出城来寒舍看我，这茅草屋杂草丛生，无下脚之处，那我赶紧锄

---

[1]《杜诗详注》第 1073 页。
[2]《杜诗详注》第 1073 页。

草以迎接你。从杜甫诗中，我们得知此次严武是真的光临了杜甫的草屋，杜甫《严中丞枉驾见过》云：

> 元戎小队出郊坰，问柳寻花到野亭。
> 川合东西瞻使节，地分南北任流萍。
> 扁舟不独如张翰，白帽还应似管宁。
> 寂寞江天云雾里，何人道有少微星。[1]

　　"元戎"指大的戎车。"郊""坰"指野外。下两句形容他们二人曾被贬官天南海北，而今在成都相聚。张翰，西晋文学家。他曾与江南另外一位才子贺循不期而遇（贺循乘船北上，他是应了王命，赴京做官的）。他们在船上相谈甚欢，相见恨晚，便一同乘船去京城。管宁，隐士，常穿戴着黑帽、布襦袴居海上。这两句是表达对严武举荐的感谢，自己却想像管宁隐居于此。"少微星"喻指处士、隐士。从这两首诗可见，严武镇守成都时诚心劝杜甫为朝廷效力，但杜甫都委婉拒绝了。虽然最终在严武第三次入蜀后，几经劝说、举荐，杜甫同意担任检校工部员外郎，做了严武的参谋，但终也不长久，又辞了官。

　　严武第二次入蜀，前后总共就半年时间（于上元二年年末入蜀，宝应元年七月又调回京城），在此期间，除刚走马上任就劝杜甫出山为官的诗之外，也在生活上为杜甫提供了很多帮助。从杜甫的酬赠、答谢的诗即可得知。如《中丞严公雨中垂寄见忆一绝，奉答二绝》云：

其一

> 雨映行宫辱赠诗，元戎肯赴野人期。
> 江边老病虽无力，强拟晴天理钓丝。

---

[1]《杜诗详注》第 1075 页。

其二

何日雨晴云出溪，白沙青石先无泥。

只须伐竹开荒径，倚杖穿花听马嘶。[1]

从题目而知，严武曾在雨中寄诗给杜甫表达关心，杜甫便作两首绝句回应。"强拟晴天理钓丝"是指，钓鱼待客。第二首便说，要劈开野草丛生的小路，翘首企盼严武来做客。这是人虽未至而礼先到。严武有好东西总是想着跟老朋友分享，比如青城山的名酒，杜甫的《谢严中丞送青城山道士乳酒一瓶》写道：

山瓶乳酒下青云，气味浓香幸见分。

鸣鞭走送怜渔父，洗盏开尝对马军。[2]

这首诗也是作于唐代宗宝应元年，严武将青城山道士送给他的乳酒，与杜甫分享。杜甫的草屋靠近浣花溪，因此以"渔父"自称；"马军"指送酒的人。杜甫用"怜"写出对严武时常记挂、关照自己的感激。严武也时不时到杜甫的草屋小聚，杜甫作《严公仲夏枉驾草堂兼携酒馔》云：

竹里行厨洗玉盘，花边立马簇金鞍。

非关使者征求急，自识将军礼数宽。

百年地辟柴门迥，五月江深草阁寒。

看弄渔舟移白日，老农何有罄交欢。[3]

---

[1]《杜诗详注》第 1082 页。

[2]《杜诗详注》第 1083 页。

[3]《杜诗详注》第 1092 页。

虽是徒有草屋一两间，但世事动荡之中，能在成都与朋友如此相聚，已经是无比珍贵了。严武光临草屋，杜甫内心十分欢喜，写他在竹林之间洗盘做饭，客人的马拴在花丛之中，这样想来也很有世外雅趣。"使者征求"指朝廷征聘，此处指严武再度到草屋，劝杜甫做官，杜甫便说你再次到寒舍相劝，并非是朝廷急着征用我，而是我本野人、认识你也有些时日了，便不拘泥于礼数而已。又说草屋建在城西，五月时节草木茂盛、江水上涨，正可以乘渔舟钓鱼。"老农"是自称，诗的最末是说我这里一无所有，朋友却能尽兴而归，以此表明二人的友谊是真挚而深沉的。严武劝杜甫做官，杜甫再一次推辞，因此杜甫再次以"枉驾"命题。

杜甫不愿做官，不过去严武府上做客是乐意的。《严公厅宴同咏蜀道画图》就记录了杜甫去严武府上赏画的情景，诗云：

> 日临公馆静，画满地图雄。
> 剑阁星桥北，松州雪岭东。
> 华夷山不断，吴蜀水相通。
> 兴与烟霞会，清樽幸不空。[1]

剑阁在四川北部，松州（今松潘）雪岭指绵亘于四川西北部的雪山，位于松州嘉城县东八十里，即西山。四川与关中地区隔着秦岭，但水路却可直通江浙。从这幅蜀道图，可见蜀中地形大概。杜甫看着蜀道图，很庆幸在成都有严武相助，因此最末"兴与烟霞会，清樽幸不空"，还是说到了对严武雪中送炭的感谢。

二、一路相送到绵州（唐代宗宝应元年七月前后）

成都在战乱之际，总会成为王侯将相、文人贤士首选的退居之处。杜甫在

---

[1]《杜诗详注》第 1094 页。

成都暂住，得严武照拂，终算在飘摇不定的人生中找到了短暂的安宁。而严武于宝应元年（762）七月，应召回京。这次严武调离成都，杜甫带着复杂的心情，与其说是不舍，不如说是忐忑更贴切。他竟一路相送，从成都送到了绵州（今四川绵阳东），作《奉送严公入朝十韵》云：

> 鼎湖瞻望远，象阙宪章新。
>
> 四海犹多难，中原忆旧臣。
>
> 与时安反侧，自昔有经纶。
>
> 感激张天步，从容静塞尘。
>
> 南图回羽翮，北极捧星辰。
>
> 漏鼓还思昼，宫莺罢啭春。
>
> 空留玉帐术，愁杀锦城人。
>
> 阁道通丹地，江潭隐白蘋。
>
> 此生那老蜀，不死会归秦。
>
> 公若登台辅，临危莫爱身。[1]

"鼎湖"，取黄帝铸鼎成，龙垂胡须下迎黄帝的典故，指肃宗去世。"象阙"，指代宗即位。严武被召回京城，将出任桥道使，监修玄宗、肃宗陵墓，这两句是写严武还朝的缘由。接下来便写还朝之事。"经纶"指治国才能，"张天步"指回京，"静塞尘"指严武镇蜀。"南图""北极"指从蜀还京。"漏鼓""宫莺"指入朝觐见。"玉帐"是指主帅所居的帐幕，此处指严武入京，蜀地无人镇守，因此成都百姓很担忧[2]。"丹地"指京城，此句是说严武经剑阁向北去往京城。"江潭隐白蘋"指杜甫还留在四川。紧接着便说难道此生要在蜀地老去吗？

---

[1]《杜诗详注》第 1101 页。

[2] 史载，宝应元年（762）七月严武被召入京，入为太子宾客，迁京兆尹兼御史大夫。严武一离开成都，蜀中便大乱，剑南兵马使徐知道勾结邛州兵占据西川，扼守剑阁，通往长安的道路受阻。直到八月，徐知道被部下所杀，叛乱才平息。

只要还有一口气就一定要回京。最末又嘱托严武若返京后平步青云，一定要尽力报效国家。可见，对于严武返京，杜甫再次感受到孤立无援的茫然与不安。

严武读到这首诗后，作《酬别杜二》云：

> 独逢尧典日，再睹汉官时。
>
> 未效风霜劲，空惭雨露私。
>
> 夜钟清万户，曙漏拂千旗。
>
> 并向殊庭谒，俱承别馆追。
>
> 斗城怜旧路，涪水惜归期。
>
> 峰树还相伴，江云更对谁。
>
> 试回沧海棹，莫妒敬亭诗。
>
> 只是书应寄，无忘酒共持。
>
> 但令心事在，未肯鬓毛衰。
>
> 最怅巴山里，清猿醒梦思。[1]

“独逢”两句是回应杜甫诗“鼎湖”两句。“未效”则是谦称自己未能完全平息边地战乱。“夜钟”“曙漏”是指早晚都在赶路回京。“殊庭”“别馆”形容路上借宿。“并谒”“俱追”指一路相送的朋友，即杜甫等。“斗城”“涪水”皆指绵阳，“峰树”两句是指山峰与树尚且互相作伴，严武说此次回京，这江水、云天又有谁相陪呢？表达了自己对蜀中景物风情的不舍，其实也暗含着对朋友的不舍。“试回”两句是宽慰杜甫，劝他留在蜀地。“敬亭诗”指李白的《独坐敬亭山》，严武以“相看两不厌，只有敬亭山”表达自己在大自然中找到了怀才不遇的安慰。“只是”句便嘱托杜甫别后常来信。“但令”两句是表达自己的抱负，回应杜甫诗中的“临危莫爱身”。最末，以巴山猿声写与朋友分别后返京途中的惆怅心情。

---

[1]《杜诗详注》第 1104 页。

从这一唱一和的诗歌往来中，可见一方是依赖，一方是宽慰，杜甫说："远送从此别，青山空复情。几时杯重把，昨夜月同行。列郡讴歌惜，三朝出入荣。江村独归处，寂寞养残生。"[1]（《奉济驿重送严公四韵》）字字句句都是孤寂迷茫。在绵州，杜甫与严武最后道别，此时杜甫想起自己会再回到草屋，草屋虽未变，一切却又不同了。便说离开严武自己不过是在寂寞之中苟延残喘而已。杜甫不仅一路相送，真到分别时又如此落寞，也难怪才刚分开，他就写信给还在赶路的严武：

> 九日应愁思，经时冒险艰。
>
> 不眠持汉节，何路出巴山。
>
> 小驿香醪嫩，重岩细菊斑。
>
> 遥知簇鞍马，回首白云间。[2]

（《九日奉寄严大夫》）

因剑南兵马使徐知道扼守剑阁，以致严武回京受阻。杜甫担忧严武的行程，便想象严武沿途经历的各种景象。正如明末清初时，王嗣奭在《杜臆》中说："通篇不说忆严，只写其客行之景，与思己之情，正是深于忆者。"

严武即作《巴岭答杜二见忆》云：

> 卧向巴山落月时，两乡千里梦相思。
>
> 可但步兵偏爱酒，也知光禄最能诗。
>
> 江头赤叶枫愁客，篱外黄花菊对谁。
>
> 跋马望君非一度，冷猿秋雁不胜悲。[3]

---

[1]《杜诗详注》第 1108 页。

[2]《杜诗详注》第 1130 页。

[3]《杜诗详注》第 1131 页。

当时严武尚在巴山，因此对于蜀中、京城是两地相思，"可但""也知"两句是思念杜甫，"江头""篱外"则是想起杜甫独自在草屋时的寂寥情形，最末写自己只好驻马望向朋友坐过的地方，听到猿声、看到归雁都不胜悲愁。从两人的诗中可见他们之间的深厚情谊，这或许也是严武第三次回到成都，再劝杜甫为官，杜甫愿意入幕的部分原因吧。

三、入幕为官（唐代宗睿文孝武皇帝广德二年）

严武回京，杜甫送到绵州，因叛乱爆发不能返回成都。便从绵州入梓州暂避风头。从宝应元年（762）下半年开始，杜甫便辗转来到梓州、射洪、通泉等地，去过射洪陈子昂的故宅，去过通泉县郭元振的旧居，看过薛稷题的壁画；广德元年（763）春又到过汉州（今广汉等地），同年秋从梓州前往阆州（今阆中等地），年末又回到梓州；广德二年（764）春杜甫又到阆州。直到严武再次镇守蜀地，杜甫才从阆州返回成都草堂。杜甫在《奉待严大夫》中写道：

> 殊方又喜故人来，重镇还须济世才。
> 常怪偏裨终日待，不知旌节隔年回。
> 欲辞巴徼啼莺合，远下荆门去鷁催。
> 身老时危思会面，一生襟抱向谁开。[1]

从"喜""终日待"等字词可见杜甫得知严武再次镇守成都的喜悦。严武回京，蜀中大乱，杜甫辗转流离，"身老时危思会面"是杜甫连日忧心忡忡的写照，终于盼到故人回来，便有"一生襟抱向谁开"的透彻明白，透露出杜甫十分珍惜这段再续的缘分。在严武再次劝他为官时，他最终同意了。

严武临危受命，再任剑南节度使，数次击破吐蕃，因功勋卓著被封为郑国公。此时杜甫在严武幕中任检校工部员外郎，也就是严武的参谋。这期间杜甫

---

[1]《杜诗详注》第 1330 页。

的诗歌，有对幕府生活的写照，有对战乱频发的担忧。此外，杜甫的诗歌里总少不了这位"严公""郑公""严郑公"的身影，如《陪郑公秋晚北池临眺》《遣闷奉呈严公二十韵》《严郑公阶下新松》《严郑公宅同咏竹》《晚秋陪严郑公摩诃池泛舟》《奉和严郑公军城早秋》《奉观严郑公厅事岷山沱江画图十韵》《敝庐遣兴奉寄严公》等，杜甫写出了在严武的幕中共事、共赏、共玩的情形，如《陪郑公秋晚北池临眺》云：

> 北池云水阔，华馆辟秋风。
>
> 独鹤元依渚，衰荷且映空。
>
> 采菱寒刺上，蹋藕野泥中。
>
> 素楫分曹往，金盘小径通。
>
> 萋萋露草碧，片片晚旗红。
>
> 杯酒沾津吏，衣裳与钓翁。
>
> 异方初艳菊，故里亦高桐。
>
> 摇落关山思，淹留战伐功。
>
> 严城殊未掩，清宴已知终。
>
> 何补参卿事，欢娱到薄躬。[1]

诗前四句是描绘秋日北池的景象。"采菱""蹋藕"是写在远处看采藕，"素楫""金盘"是写将采来的藕献给严公，"杯酒""衣裳"是称赞严公将宴席上的好酒、衣裳分送给负责河道桥梁的官吏和在河边垂钓的老翁。

"异方"指成都，"故里"指长安。"战伐功"指严武的功勋。"严城"指严府。最末谦称自己何德何能可作郑公的参谋，还能如此一起享受宴会的欢愉。由此可知，杜甫在严武幕中，虽有故人帮扶，心系天下的他依然常常感到世事艰难。

杜甫这次做官的时间很短。从广德二年（764）初回到成都，到永泰元年

---

[1]《杜诗详注》第1424页。

（765）夏因严武去世而离开成都，回到成都生活的时间总共才一年半。严武因病突然在成都去世，杜甫在《哭严仆射归榇》中写道："素幔随流水，归舟返旧京。老亲如宿昔，部曲异平生。风送蛟龙雨，天长骠骑营。一哀三峡暮，遗后见君情。"[1]"素幔"指丧事所用的白色帷幕。因严武本华阴人（今陕西渭南市），"旧京"是古都，此指严武家乡。严武去世时年仅四十岁，"老亲"句指严武父母尚健在，"部曲"指部下却变得稀少。由此对比，有"人走茶凉"的悲慨。"风送""天长"两句指风送舟行，送严武归乡，而此后严武坐镇的军营却要永远静寂了。杜甫平生与严武感情深厚，在成都期间，得严武帮助，才能在一椽草屋下躲避风雨；严武回京，杜甫辗转流离蜀中多地，对故人的思念溢于言表；等到严武再次镇蜀，杜甫喜出望外，似乎于迷茫的生活中又看到了亮光，他出仕做官，但没想到之后便是与严武的永别。这份情谊，化作"一哀三峡暮，遗后见君情"，不刻意铺开，却在戛然而止中，透过字词传达了那份唯独自己才明白的哀戚与感伤。

"五载客蜀郡，一年居梓州"（杜甫《去蜀》），杜甫其实在成都前后约 5 年时间，严武回京，他在梓州等地又待了 1 年左右，总共在蜀中大约 6 年。其实，在杜甫的一生中，这段时间并不算长（杜甫 59 岁时离世）。但却是他一生创作精力最旺盛的阶段，现存的诗歌有 1400 多首，大部分都写于他在蜀中期间。在此他与严武、高适诗歌往来，是动荡之际最值得珍惜和庆幸的。在成都，他们彼此作诗遣怀、聊人生、聊时事、聊抱负，互相激励、彼此宽慰，杜甫在蜀中得到严武、高适的帮助，也使得他在此期间可以过得稍微安宁，虽然生活条件依然很艰辛。

从这些诗歌往来中可见，成都为我们的大诗人们提供了相对安稳的环境，成为大家风雨飘摇中的寄身之处，这份温暖包容是成都对于诗人们的情义，诗人们在此度过人生的重要阶段，能在患难中互相扶持，又是诗人们的情义。城市的温度与人的温情在成都完美地契合，杜甫于成都而言，或者成都于杜甫而言，都是独一无二的存在。

---

[1]《杜诗详注》第 1485 页。

第三节　忠孝传家远

　　"忠孝传家远，诗书继世长"，是苏轼为王巩的"三槐堂"所题的对联，是对我国优良的家风家训的高度概括。在我国历史上，有很多世代相传的书香门第，如史学"三班"（班彪、班固、班超），书法"二圣"（王羲之、王献之），诗歌"三曹"（曹操、曹丕、曹植）、"三苏"（苏洵、苏轼、苏辙）等，除此之外，还有政治"二杨"，指的就是新都的杨廷和与杨慎父子。

　　上述这些名人正契合了苏轼所云"忠孝传家""诗书继世"。优良的家风家训、突出的学术成就、大义凛然的政治主张，是杨氏父子对忠义孝道最好的诠释。如今在新都马家镇的杨氏家族后人守护着杨氏宗祠，完好地保存着整个家族的族谱，传扬着这个震动古今的大家族的历史。

　　元朝末年，祖籍江西吉安的杨氏家族因战乱迁徙到湖北麻城孝感乡。明洪武初年，因再次躲避祸乱，一路往西南来到了新都。新都的杨氏家族始于杨世贤，杨世贤生子杨寿山，杨寿山生子杨玫。杨玫是明宣德年间贡生，从此杨家开启了书香世家的模式。

　　杨玫之子杨春是杨家第一位进士。杨春的长子就是杨廷和。杨廷和主持修撰《实录》《会典》等，节节高升。于正德七年（1512）升为首辅，特进一品。直到嘉靖三年（1524）议大礼，请辞乞归。他的儿子就是明代四川唯一的状元——杨慎。祖父和父亲为杨慎的成长提供了诸多条件。如杨慎跟从祖父学习《周易》，后来乡试便以《易》夺魁。父亲杨廷和对杨慎更是言传身教，杨慎11岁时作近体诗，杨廷和读后评阅"句佳矣，但恨太孤寂尔"；12岁时，命其作诗送别举人何朝宗等回乡，又命其作诗记同僚宴饮集会的盛况等。

杨廷和还为杨慎创造了接触一流学者文人的机会，如拜文坛领袖首辅李东阳为师；再如，杨廷和主持会试，杨慎可随父入礼闱，参与阅卷。有了这些优势条件，加之杨慎本就天分极高且博览群书，因此在科举考试中能顺利地高中魁元。

杨廷和、杨慎父子二人在政治观念上高度一致，对于"忠孝"的认同是源于杨氏家族深厚的家训家学，奉行儒家"忠君守礼"，坚守作为人臣的道义担当，父子二人在明朝著名的"议大礼"事件[1]中，一直是守礼的中坚力量。杨廷和坚守忠孝，在此事件上据理力争，对新皇帝的意愿提出异议，实在无法劝说新皇帝时，便告老还乡，把权势、名利、抱负都通通抛开，这份对国家皇权的"忠"，及他对儒家伦理"孝"的理解，致使他坚持认为世宗从堂兄那里过继得皇位，却打算尊生父为太上皇的做法是不合于礼的。最终杨廷和于嘉靖三年二月"致仕还乡"。同年，杨慎就领着朝廷众臣跪在左顺门，极力劝谏明世宗，以致龙颜大怒，下令杨慎谪戍云南永昌。杨廷和上疏请辞，杨慎与群臣伏哭左顺门，父子二人延续的是程朱理学灌注在知书达理的士大夫身上的人臣道义。杨慎说"仗节死义，正在今日"，这份豪气与坚定，正如其父数次坚决请辞、执意告老还乡，这种誓死捍卫忠孝道义的做法，深得古今文人志士的称颂。今日，桂湖之滨，升庵祠内，依然有人感慨万千；状元坟前，依然有人挥泪顿首。除此之外，我们在杨廷和、杨慎的诗歌中，也能充分看到父子二人心中的坚守与向往。

杨廷和生性沉静，作文凝练简明。他的诗文反映的内容多是返璞归真的淡然、对归去田园的向往，如《送神武蔡千户致仕还湖州》云：

---

[1] 议大礼（也称"大礼议"），指明正德十六年（1521）到嘉靖三年（1524）年间的一场有关皇统问题的政治争论。明武宗去世，立堂弟朱厚熜（明世宗）即位。即位后，世宗欲尊生父亲兴献王为皇考。明世宗此举遭到部分大臣的反对。杨廷和认为，明世宗既然是由小宗入继大宗，就应该尊奉正统，要以明孝宗为皇考，兴献王改称"皇叔考兴献大王"。双方僵持不下，这就是著名的"继嗣"与"继统"之争。

神武持冠归旧隐，赤松相伴话长生。

车前紫气青牛引，天上新声彩凤鸣。

军务不关惟白战，醉乡何处是乌程。

太湖合是逃名地，书坊弦歌自在行。[1]

　　"千户"是正五品军职。"致仕"指官员退休，或指官员辞职归家。"太湖合是逃名地，书坊弦歌自在行"，颇有陶渊明笔下"误落尘网中，一去十三年"的意味。也许正因为他身居要职、肩挑重任，才更向往这份无官一身轻的自在。杨廷和信手创作的几首小调，都表达了向往田园闲散的乐趣。如其组曲 [双调·殿前欢]《阅耕亭写怀》云：

　　阅耕亭，阅耕亭上看农耕。村歌社鼓声相应。四望都青，青苗不辨名。喜的是人工并，又喜是秧苗剩。秋成庆我，我庆秋成。[2]

　　[双调·殿前欢] 是元代散曲家张可久所作元曲小令的曲牌名。"阅耕亭"有耕读传家之义，包含着古往今来读书人的朴素愿望。在阅耕亭中看远处春耕播种，村社田间鼓声、歌声此起彼伏，四周新苗青青，看得人心中欢喜。这份轻松愉悦，暂时抛开了"苛政猛于虎"的现实悲凉，也暂时远离了尔虞我诈的朝中争斗。同样的心境又见于 [双调·清江引]《竹亭漫兴》：

　　城西小园刚半亩，不种闲花柳。多栽苋与藜，更有葱和韭，菜根咬来滋味厚。朝朝起来天未晓，多是鸦初叫。寻思田野间，分付家童道，谁去下秧谁刈草。[3]

[1]［清］钱谦益著，《列朝诗集》第 5 册第 2584 页，中华书局 2007 年版。
[2]四川省新都县志编纂委员会编纂，《新都县志》第 1034 页。四川人民出版社 1994 年版。
[3]四川省新都县志编纂委员会编纂，《新都县志》第 1035 页。四川人民出版社 1994 年版。

杨廷和直接将田园耕读生活变为现实，用大隐隐于市的精神将这份生活趣味具体到半亩小园之中。"忽听歌声来树杪。喧百鸟，官弦那似天然调"（杨廷和《渔家傲·漫兴》），他多次表达出对乡土生活、对自然风光的憧憬。他直写心灵，因而他的诗文作品毫无矫揉造作之感。杨廷和的诗词沉静平和、简易恬淡，仿佛是精神世界的一处桃花源，排解着诗人积极出世的烦闷。但现实是杨廷和身居朝廷要职，一度官至首辅，在明武宗去世、明世宗正式即位前的三十七天时间里，杨廷和总揽朝政，权倾朝野，这是作为大臣最辉煌的时刻。杨廷和留下的诗歌却大多表露出对这些辉煌的淡泊心态。又如《盐亭县》云：

几番寓宿盐亭县，未得闲情一赋诗。
土俗旧从张老变，高山曾受杜陵知。
溪深野水流云气，雪压寒条带玉姿。
夜向德星桥上望，仰高乡衮有余思。[1]

"张老"指隐居于盐亭县的张俊，何人不详。"高山"句指杜甫曾到盐亭，看到此处高山连绵，便写下"高山拥县青"。"溪深""雪压"两句描绘山中景象，今盐亭有"云溪""云溪镇"。"乡衮"指乡绅，诗中写夜里向德星桥上望去，那桥上望远的乡绅也许有不为人知的思念。或许这也是暗指自己在这盐亭静谧的夜里，对于人生、仕途、名利等有更多思考。

杨廷和之子，状元杨慎一生创作了大量诗词，他写诗主张诗歌反映"性情"。因其特殊的仕途经历、人生遭际，他的诗歌有不少描写各地风光、抒发个人情怀的作品，即如《春三月四日仰山余尹招游疏江亭观新修都江堰》云：

疏江亭上眺芳春，千古离堆迹未陈。
矗矗楼台笼蜃气，峇峇原隰接龙鳞。

---

[1]《全蜀艺文志》第 421 页。

井居需养非秦政，则堰淘滩是禹神。

为喜灌坛河润远，恩波德水又重新。[1]

杨慎来到都江堰，看到这伟大的世纪工程不禁发出感慨。离堆，在都江堰。战国时开明王凿玉垒山，导江为沱，凿离堆。"矗矗"句是指李冰祠。矗，异体字"畇"，"畇畇"指平坦整齐。此句形容渠水灌溉，原野平坦如整齐排列的龙鳞。"井居需养"是指古时灌溉之法，汲井灌溉。秦时李冰治理都江堰并非遵照古法，而是疏通河渠、修造堤堰来进行灌溉，有开创之功。"则堰淘滩"指"深淘滩，低作堰"，此是历代修治沟渠惯用的方法，因此称是大禹当年治水就留下的宝贵经验。"灌坛"指酌酒敬神，此指百姓祭祀李冰，感谢李冰永远保佑河水不泛滥。"恩波"句也是指都江堰造福于民。

又如，杨慎作《长生观》云：

天谷隐者范长生，风御泠然独振缨。

避世已高巢父节，让王还并务光名。

黄金炉鼎留千载，白玉楼台上五城。

古观荒基谁过问，带萝披荔重含情。[2]

诗前杨慎有序云："长生观，晋代感妙真人范寂字长生之居也。寂生于刘先主时，得长生久视之术，至晋犹存。永兴初，李雄以长生名德为蜀人所服，迎以为君而臣之，长生不可，策杖而去。"即说长生观的由来。长生观在青城山麓，是晋代著名道士范寂（字长生）的道场。"天谷"指青城山。"风御泠然"出自《庄子·逍遥游》"列子御风而行，泠然善也"，指道家仙人无所牵绊、自由自在的状态。"振缨"指隐遁。"巢父"，相传为尧时隐士。"务光"，商汤时

---

[1]［明］杨慎著，王文才选注，《杨慎诗选》第 121 页，四川人民出版社 1981 年版。

[2] 曾晓娟主编，《都江堰文献集成 历史文献卷（文学卷）》第 129 页，巴蜀书社 2018 年版。

隐士。相传汤让位给他，他不肯接受，负石沉水而死。这两句是将范长生隐于
世比作巢父、务光，有高风亮节。"炉鼎"指炼丹炉。"白玉楼台"指前代建筑。
最末写古观荒废、无人问津，又笔锋一转，说即使如此，那女萝、薜荔也年年
更新，是人间长情。整首诗表达了自己对归隐的向往。据王文才先生考证，杨
慎作此诗已 55 岁，戍边已 18 年，对于回朝再被启用已完全绝望，因此企慕长
生之术。这与其父杨廷和对田野生活的向往异曲同工。

杨慎诗歌多有情真意切、含蓄隽永的特征，除以上寓情于景的作品外，再
如赠别友人，《桂湖曲送胡孝思》云：

君来桂湖上，湖水生清风。

清风如君怀，洒然秋期同。

君去桂湖上，湖水映明月。

明月如怀君，怅然何时辍。

湖风向客清，湖月照人明。

别离俱有忆，风月重含情。

含情重含情，攀留桂之树。

珍重一枝才，留连千里句。

明年桂花开，君在雨花台。

陇禽传语去，江鲤寄书来。[1]

杨慎曾在桂湖之滨居住过短暂时间。此诗以桂湖的清风明月写对友人的
赞赏，又以风月寄托了对友人的希望。全诗语词清丽，别有一番真情在。又如
《送樊九冈副使归新繁》云：

别君于南云碧鸡之泽，追君于东城金马之坡。酌君以莲蕊清曲之

---

[1] 王文才选注，《杨慎诗选》第 1 页，四川人民出版社 1981 年版。

酒,侑君以竹枝巴渝之歌。天涯歧路镇长在,故人零落浑无多。忆昔
君为汉阳守,沧浪之清古无有。拂衣掉头不肯顾,饮水旧谣在人口。
明诏复起句町行,官突未黔先濯缨。宦游不博归故里,荣禄何如全令
名。九陇高冈白云野,吾庐世耕在其下。清泠好结鸥鹭盟,春秋愿醉
鸡豚社。蛮雨蛮烟老玉关,小山丛桂不同攀。愁心如月何时掇,夜夜
随君梦里还。[1]

　　杨慎在云南送别好友回到新繁,赞扬朋友为官清廉,愿朋友能被起复、受
到重用。又叹自身长期戍守边地,无法和朋友一同回到故乡。"鸥鹭盟",指隐
退。"鸡豚社",指古时祭祀土地神后乡人聚餐的交谊活动。最末四句感慨自己
无法回到故乡的悲凉与无奈。

　　从嘉靖三年(1524)下令谪戍,到嘉靖三十八年(1559),杨慎在戍所逝
世,他在云南前后度过了约 35 年,虽中途也曾往返于云南、四川之间,但终
归是在他乡离世。这位才华盖世的状元,恪守君臣忠义,而最终以这般境况收
场,让人不得不扼腕叹息。在杨慎贬谪云南之际,曾作《临江仙·戍云南江陵
别内》云:

　　楚塞巴山横渡口,行人莫上江楼。征骖去棹两悠悠。相看临远
水,独自上孤舟。却羡多情沙上鸟,双飞双宿河洲。今宵明月为谁
留。团团清影好,偏照别离愁。[2]

　　这首诗就写于杨慎与黄娥分别之时。杨慎接到皇帝命令,即刻要他动身前
往云南戍守边境。此时杨慎因接连受廷杖摧残,身体孱弱,由妻子黄娥随行。

[1] 王文才,万光治主编,《杨升庵丛书》第 580 页,天地出版社 2002 年版。
[2] 卢盛江,卢燕新主编,冯统一,赵秀亭选注,《中国古典诗词曲选粹·元明清词卷》第 92 页,黄山
　　书社 2018 年版。

走到江陵即要分别，黄娥回家乡新都，杨慎只身去戍所。对于已经饱受折磨的状元而言，面对与爱妻分离，他只能羡慕那沙汀之上多情的飞鸟，最多也就怨怪一句明月团团照离愁。如此点到为止的哀愁，对自己的政治抱负、对高高在上的君王都不再提及，这份有节制的情感表达，读来更让人觉得心酸。

从杨廷和、杨慎父子身上，延续着他们对于"忠义"的家族认同，这与杨氏家族优良的家训家学紧密相关。杨氏家族入蜀后发展壮大、诗礼传家，优良的家风家训成为成都地方文化的重要组成部分。杨廷和、杨慎都是成都历史上的文化名人，父子二人恪守忠义，甚至不惜赌上自己的生命及仕途，体现了情义成都最厚重、最深刻的一面。

第四节　冬至齐来拜祖公

成都历史上前后共有十余次移民，最大规模的一次是在清初。经历明末清初动乱之后，四川人口数量骤减，清廷便提出让南北各省移民入川的政策。康熙二十年（1681），朝廷为安抚逃难出外的川民，发布命令让他们回到原籍；康熙二十九年（1690），朝廷又颁发命令，要求优待外省移民；康熙三十一年（1692），四川开始大规模的移民活动，并在当地进行开垦种植[1]。当时移民主要来自湖广地区，就是老话常说的"湖广填四川"[2]。到乾隆时期，四川人口数量逐渐稳定，经济文化也随之有了平稳发展。有种说法是"现今之成都人，原籍皆外省也"，这话不全对，但基本反映出移民对成都的影响，也反映出这座城

---

[1] 张莉红，张学君著，《成都通史（卷六）》第103页，四川人民出版社2011年版。
[2] 湖广填四川出现过两次，一次发生在元末明初，另一次是清朝前期和中期。其中，清朝那一次持续时间长，规模十分巨大。数十年间，湖广填四川移民达100余万，移民来源主要集中在湖北、江西、湖南、广东、广西、云南、福建、陕西、贵州、山西、河南等十余个省份。

市文化的多元与包容，也体现出这座城市的温暖与情义。

移民入川广泛地影响着成都的城市建设，为城市生活及社会风俗增添了更丰富的元素。如饮食方面：

> 苏州馆卖好馄饨，各样点心供晚飧。
>
> 烧鸭烧鸡烧鸽子，"兴龙庵"左如云屯。
>
> 绍酒新从江上来，几家官客喜相抬。
>
> 绍兴我住将三载，酒味何曾似此醨。[1]

饮食是社会生活最鲜活生动的一个方面，移民从各省迁入四川，带来本土的饮食文化，无疑为历来有"美食之都"的成都注入更多的新鲜成分。如"芙蓉豆腐"：

> 北人馆异南人馆，黄酒坊殊老酒坊。
>
> 仿绍不真真绍有，芙蓉豆腐是名汤。[2]

关于这道名菜，相传成都府的官爷请客，厨房杂役一不留神将某盘菜肴弄坏，便急忙将芙蓉花和豆腐混进去，取名"芙蓉豆腐汤"，各位吃客爷反倒觉得鲜美无比，于是广为传颂，为一时佳话。

此外，移民对成都社会风俗也有影响，比如祭祖：

> 多半祠堂是粤东，周钟邱叶白刘冯。
>
> 杨曾廖赖家家有，冬至齐来拜祖公。[3]

---

[1] ［清］定晋岩樵叟著，《成都竹枝词》（三十首），《成都竹枝词》第60页，第61页。

[2] ［清］杨燮著，《锦城竹枝词》，《成都竹枝词》第47页。

[3] ［清］杨燮著，《锦城竹枝词》，《成都竹枝词》第49页。

从广东迁来的众多移民各姓皆有，在岁末这天都到祠堂和会馆祭拜先祖。在成都的其他各省移民，也大多会在岁末或按旧风俗择日祭祀祖先，形成了浓烈的寻根问祖的风气。又如"元宵舞龙"：

元宵处处耍龙灯，舞爪张牙却也能。
鞭炮连声灯烛亮，"黄州会馆"果堪称。[1]

元宵舞龙是中华民族传统的民俗活动之一，清代成都的舞龙队伍，数黄州会馆最热闹、最有看头。这些移民来到成都生活后，从生活方式、风俗方面自然而然改变着这座城市。此外，诗中提到的祠堂、会馆，则是因移民群体情感联系的需要人为搭建的组织机构，从城市建设、社会治理、群体氛围、文化艺术等多方面影响着成都。

会馆一般由热心公益、财力雄厚的同乡牵头，广大同乡共同捐钱兴建，用以祭奠先贤、商议大事、会亲宴友，也是科举考试借宿的地方。最早的会馆由迁入四川的陕西人于康熙二年（1663）建立。随后，大量会馆相继出现，如江南馆、贵州馆、湖广馆、山西馆等，成都周围也建立了不少会馆，如洛带的广东会馆、湖广会馆、江西会馆等。清代成都会馆，大致在今成都城区的位置如下：福建会馆、湖广会馆在总府街；浙江会馆、山东会馆、广西会馆在金玉街；云南会馆、山西会馆在正通顺街；江西会馆在棉花街；广东会馆在西糠市街；河南会馆、贵州会馆、北川会馆在布后街[2]。

移民会馆带来了川剧的繁荣。各个会馆在聚会时，都会有唱戏看剧的娱乐活动，这促进了清代成都戏剧的飞速发展与多姿多彩。当时的会馆唱戏，多上演原乡的戏剧种目，诗中写道：

[1]［清］定晋岩樵叟著，《成都竹枝词》（三十首），《成都竹枝词》第55页。
[2] 张莉红、张学君著，《成都通史（卷六）》第110页，四川人民出版社2011年版。

戏班最怕陕西馆，纸爆三声要出台。

算学京都戏园子，迎台吹罢两通来。[1]

当时成都唱戏都不限时间，陕西的移民入川后，在陕西会馆兴起新的规矩，以放爆竹为时间节点，分为头爆、二爆、三爆，三爆后不开场，下次就不再招这个戏班子唱戏了。这是在唱戏规矩上，移民文化对成都戏曲艺术的影响。再者从曲目、唱腔上来说，他山之石的效果更加卓著。

会馆虽多数陕西，秦腔梆子响高低。

现场人多坐板凳，炮响醉神散一齐。[2]

秦腔梆子、粤剧、潮戏等，借着各地会馆聚会宴席的机会，一起在成都的各处戏台上轮番上演。在外来曲目中，"昆曲"成为当时成都上层人士钟爱的唱腔，是文人雅士"丝竹之会"的首选剧目。黄炎培的《蜀游百绝句》写道："川昆别调学难工，便唱皮黄亦不同。蜀曲亢音与秦近，帮腔几欲破喉咙。"就是写昆曲进入四川之后，与本地唱腔结合的新变化。清代成都著名的昆曲表演者曲玉凤被称为"昆部旦色第一"，华阳人崔荆南是著名的昆曲乐师，其外名角还有彭四、曾双彩等。文人雅士不仅善听曲，也亲自参与剧目的创作、演绎，如清人李调元。李调元专门请苏州的昆曲师父教若干小孩学昆曲，自己组建小梨园，带班去州县，演过无数昆曲经典的剧目。

在唱腔中昆曲归入"雅部"，此外有"花部声腔"，主要包括高腔、胡琴、弹戏、灯戏，这类唱腔是川剧中来源于民间，大众最喜闻乐见的形式。

[1] ［清］杨燮著，《成都竹枝词》第 48 页。

[2] ［清］定晋岩樵叟著，《成都竹枝词》（三十首），《成都竹枝词》，第 53 页。

好山的《成都竹枝辞》云：

> 川人终是爱高腔，几部丝弦住"老郎"。
> 彩凤不输陈四喜，"泰洪班"里黑娃强。[1]

彩凤、陈四喜、黑娃，都是当时演绎川剧高腔的著名人物。高腔，本称"弋阳腔"或"弋腔"，源于江西弋阳。当弋阳腔流入四川之后，便结合川剧的特色转变为川剧高腔，著名剧目有"五袍""四柱"，以及"江湖十八本"等。从剧目、唱腔、行规等方面，伴随着各省移民进入四川，带来了川剧的繁荣。

第五节　当自家儿女关心

成都自古以来就是一座温暖的城市，有很多宽厚仁爱的历史人物和感人至深的真实事件，这份仁爱精神是城市文化的组成部分。提到"仁爱"，必然会提到"五老七贤"中的尹昌龄。尹昌龄，字仲锡，晚号约堪，郫县人，清光绪十四年（1888）中举。历任陕西白河知县、长安知县，继升为商州知府，兼摄凤翔、延安西安知府，在清末陕西省兴学、练兵、劝工、游学，以及桑蚕养殖、铁路修建等新政方面多有建树，被誉为"八局知府"。民国后，出任四川军政府审计院长、内务司长、政务厅长等职。之后遭遇四川政局不稳，便辞职归乡，从此开始致力于成都的慈善事业。[2]与尹昌龄共事多年的王干青，作《吊尹仲老》诗："家无半亩居，人得广厦庇，余身二十年，存活亿万计。"可见，

---

[1]［清］吴好山著，《成都竹枝辞》，《成都竹枝词》第 64 页。
[2] 四川省双流县志编纂委员会编纂，《双流县志》第 874 页，四川人民出版社 1992 年版。

这位伟大的慈善家一生廉直。

尹昌龄最主要的事迹是接办慈惠堂。"慈惠堂为清咸丰时叶荣庆同冯、刘、秦、高诸善士创建，民国十三年夏尹前总理昌龄接办，益著成绩。官方先后将普济堂、育婴堂、幼童厂、济贫厂等处拨交整理，由是逐渐扩大，迄今所办救济事业为全川规模最大而效益最著者"[1]。1924年，尹昌龄接手慈惠堂，将原成都市内分散各处的慈善机构如档案资料中提到的普济堂、育婴堂等一并撤除，统归慈惠堂管理，成为慈惠堂的分堂，分别负责管理不同的各项事务。

当时在慈惠堂管理下共16个分堂，分别为：普济堂、养老院、育婴堂、幼稚园、女婴教养所、培根小学校、恤嫠会、瞽童教养所、培根火柴厂、培根工厂、培根农场、培根菜园、牧畜场、售货所、借贷所、拯溺所。服务业务包括：济贫、养老、慈幼、恤嫠、拯溺、救助六项。对于当时成都市民生工程而言，慈惠堂所涉及的事务几乎囊括了所有需要帮扶的对象。各大分支慈善机构收容孤寡老弱和各类需要救助的人群，供给食物、提供住所，衣食住行都在照顾范围内。就像慈惠堂中的那副对联：

谁甘舍去伶仃孤苦颠连可怜他爷娘束手
我愿后来君子饥寒痛痒当自家儿女关心

以尹昌龄为首的慈善家们用最无私、最深广的善意关照苦难之中的生命。更难能可贵的是，慈惠堂根据帮扶对象的特征分别授予各种技能，教大家学习文化知识，这"授之以鱼，不如授之以渔"的经营理念，是慈惠堂最了不起的地方。据慈惠堂档案记载，民国三十二年，普济堂收养男女孤老800余人；育婴堂收有乳妇302人、婴孩350余人，教他们认字、唱歌、游戏；工读所设置6个年级，半工半读，重在培养谋生技能；瞽童教养所则教洋琴、竹琴、弹唱等；工厂分鞋科、苏裱科、布科，都聘技师教专门技能，早晚教常识、算术、习字等。

---

[1] 转引成都市档案馆，成都大学编，《百年慈善机构成都慈惠堂——档案资料汇编》第37页。

以人为本的救助立足于人与城市的共同发展。1942 年，尹昌龄病故，张澜接任慈惠堂理事长。针对慈惠堂的发展，张澜提出了"教养生产化"，指慈惠堂不是一味依靠政府、社会提供的经济支持、空间场所，而是在政府和社会提供补助的基础上，有效利用并且变为持续性的发展，如提供技能培训，让寄住在慈惠堂的人学会营生的本事；同时又加强文化知识的灌输，培养品行端正、知书达理的社会工作者。慈惠堂曾介绍堂内培养的优秀青年到西南军区军事干部学校学习[1]；介绍女生到成都中合纱厂学习纺纱技能[2]。慈惠堂培养的这部分人到工作岗位后以过硬的技能回馈社会，对城市发展发挥着一定作用。这是慈惠堂接纳社会需要关爱的人群后，通过内部系统建立的一套完整的培育机制，其目的是为城市发展输送合适的工作者。加之，慈惠堂所建的培根火柴厂、培根工厂、培根农场、培根菜园、牧畜场等是慈惠堂的生产部门，一来为慈惠堂内收养的人提供实践基地和工作机会；二来也为运作慈惠堂提供部分资金与物资。慈惠堂生产部是整个城市经济的组成部分，所生产的商品销售到市场，参与市场调控、行业竞争，从一定程度上来说刺激了相关行业的发展。

慈惠堂的经营理念为之后各慈善机构提供了范例，教养并重的践行及人性关怀，是这座城市"仁爱"精神、这座城市情与义最充分的体现。慈惠堂培养人才为城市建设提供人力资源，又兴办工厂、生产各类商品促进城市经济发展。如今，成都"慈惠堂街"正是当年慈惠堂的总部所在。民国时期成都著名诗人刘师亮就曾住在慈惠堂街 12 号。

综上所述，从惊天动地的爱情，患难与共的友情，到忠义两全的亲情，根据人世间情感的三种模式，我们看到发生在成都古往今来的情感故事，他们或是冲破层层藩篱大胆追寻真挚的感情；或是彼此惺惺相惜成为对方在乱世之中的精神支柱；或是延续家族传统坚守心中关于道义的底线。这些人物与历史是这座城市重情重义的缩影，代表着蜀人敢爱敢恨的勇敢与智慧，城市的温度就

---

[1] 转引成都市档案馆，成都大学编，《百年慈善机构成都慈惠堂——档案资料汇编》第 59 页。
[2] 转引成都市档案馆，成都大学编，《百年慈善机构成都慈惠堂——档案资料汇编》第 385 页。

在这些感人至深的人与事中积攒起来。成都充满友善与热情，用极其乐观的态度迎接挑战与机遇。当大部分省外移民入川后，并没有觉得格格不入，反而很快地在此发展壮大，并对城市生活、风俗民情产生影响，这是成都温暖的"接纳"。具体到个人，也有无私广博的"接纳"，从尹昌龄到张澜，主持慈惠堂，通过"教养生产化"的方式，教育或救助社会上各类弱势人群，并对城市发展做出贡献，是最了不起的善举。这便是重情重义的蜀人，也是这座爱吃火锅的城市特有的滚烫温暖的情义。

第四章
天府成都

　　成都不仅有独特的地理优势、得天独厚的气候条件，更得益于著名的水利工程都江堰，此地物产富饶、水资源丰沛，促成成都有"天下粮仓"的美誉。地理环境的优越，物产资源的丰富，再加上有崇山峻岭作为天然屏障，以及相对稳定的社会生活，自然带来成都城市发展的繁荣，也影响着城市建设的地域化、独特性的形成。从诗词记录中，可以看见"扬一益二"的光环中，成都作为全国第二大城市经济繁荣的景象；可以看到在熙熙攘攘的人群中，各类集市正紧锣密鼓地轮番登场；也可以看到清末积极追求经济复苏的先进人士，是如何把劝业场一步步做大，将很多先进的资源、生活方式带入成都城市生活中。在这些发展中，城市的面貌也在经历着丰富多彩的变化。

第一节　河渠奏绩屡丰年

成都平原属于典型的冲积平原，其中岷江冲积扇位于成都平原的中脊地区，面积最大、海拔最高。自古蜀起，历代帝王多选择在岷江冲积扇一带建都，如广汉、新都、郫县、双流等地都先后作为蜀都，这意味着防洪与灌溉是蜀地长治久安的最大隐患。

都江堰始建于秦昭襄王五十一年（前256）。当时，秦入巴蜀，将治理水患、疏导河流放在首要位置。时任蜀郡太守的是李冰，"冰能知天文、地理，谓汶山为天彭门，乃至湔氐县，见两山对如阙，因号天彭阙，仿佛若见神。"[1]李冰自然不是神，不过他尤其擅长地质勘探，在治水方面是个天才。他秉持着"因势利导，因时制宜"的原则，经过仔细勘察，最终确立在今都江堰市城北约两千米处开始修建。李冰又精于设计，他创制"鱼嘴"，这是都江堰渠首枢纽工程的首要，也是成都平原防洪工程的首要。鱼嘴实现了世界上首次无坝分水，"这种堤与古代中原治水采用的拦河坝、护河堤完全不同，它是古代蜀人通过长期治水后才逐渐形成的一种特殊的水中之堤，是古老的蜀文化在水利科学方面的结晶之一。"[2]鱼嘴利用坡度和水脉，顺势将流入成都平原的岷江分为内江和外江。内江接收岷江来水，主要保证成都平原的灌溉、生活用水；外江江面较内江宽，至夏秋洪水季节，岷江水位上涨，水势很少受河床弯道限制，此时外江的水流量会自动高于内江，从而实现鱼嘴壅水入渠、无坝分水的功能。

---

[1]　[晋] 常璩，《华阳国志（三）·蜀志》第30页，齐鲁书社2015年版。

[2]　罗开玉，谢辉著，《成都通史（卷二）》第266页，四川人民出版社2011年版。

由鱼嘴而下约七百米，李冰设计"飞沙堰"，紧接鱼嘴分水堤的尾部。又往下约两百米处，凿离堆（湔山延伸至岷江的余脉）为"宝瓶口"。洪水季节，内江水流量远超宝瓶口，宝瓶口的河道决定了一定的水流量，此时内江大部分水就会经由飞沙堰泄出。飞沙堰在鱼嘴与宝瓶口之间有调节、控制水量的功能。李冰正是通过鱼嘴分水、飞沙堰泄水、宝瓶口节制水量共同完成都江堰的防洪功能。

关于李冰治水的方法，还流传着不少典故。如杜甫《石犀行》中写道：

君不见秦时蜀太守，刻石立作三犀牛。

自古虽有厌胜法，天生江水向东流。

蜀人矜夸一千载，泛溢不近张仪楼。

今年灌口损户口，此事或恐为神羞。

终藉堤防出众力，高拥木石当清秋。

先王作法皆正道，鬼怪何得参人谋。

嗟尔三犀不经济，缺讹只与长川逝。

但见元气常调和，自免洪涛恣凋瘵。

安得壮士提天纲，再平水土犀奔茫。[1]

"刻石立作三犀牛"的传说，至今仍在流传，在今成都博物馆中还藏着考古发现的石犀。据说，李冰当年造了大石人放在江心，与江神约定水旱不低于石人脚背、水深不没过石人肩膀，又刻五头石牛，放置在不同位置，来镇守江水，不让江中的妖怪作恶。而杜甫明显不相信这个传说，他说"自古虽有厌胜法"，厌胜指迷信做法，用符、咒等除邪。但"天生江水向东流"，就是说水势天然造就，不是仅靠这些迷信做法能取胜的。又说，蜀人夸了一千年，洪水不再威胁成都（张仪楼在成都城南，临山瞰江）。但"今年"（指上元二年）暴雨

---

[1]《杜诗详注》第 1011 页。

从七月下到八月，灌口决堤，有人被淹死。于是，杜甫说神灵根本没有履行职责，终究还是要靠人力修筑堤防。又说石犀也没起到作用，甚至其中有几头被江水冲走，不知流向何处。最末四句，将天降暴雨，洪水泛滥，归结为天地元气郁结，希望能再得壮士主持朝纲、治理水患。其实围绕李冰治水的传说，又如范成大提到李冰制服恶龙，将其拴在潭水之下（见下文），这些传说不一定真实，但从侧面反映出李冰治水的艰难。就像岑参所说，在修建都江堰之前，"江水初荡潏，蜀人几为鱼"，只要遇到江水暴涨，蜀人就生活在汪洋大海之中，"始知李太守，伯禹亦不如"（岑参《石犀》），以此可知李冰的伟大功绩。

都江堰在成功治理洪水的基础上，又保证了蜀中农田灌溉，加之成都平原本就沃野千里、气候适宜，因此便有"水旱从人，不知饥馑"之说，成都也因此成为众人向往的"天府"。具体而言，都江堰对成都的重要意义，一是造就了成都物质充裕的生活条件，也丰富了人文精神的塑造；二是影响着成都城市建设的规划与布局。

一、都江堰对成都物质生活、人文精神的影响

当年大诗人陆游宦游成都，前后在蜀中共待了近六年时间，他游历蜀中山水，也来到了都江堰，看到伏龙观中北宋著名画家孙知微（彭山人）画的英惠王（即李冰）像，心中感慨万千，而作《离堆伏龙祠观孙太古画英惠王像》云：

> 岷山导江书禹贡，江流蹴山山为动。
> 呜呼秦守信豪杰，千年遗迹人犹诵。
> 决江一支溉数州，至今禾黍连云种。
> 孙翁下笔开生面，岌嶪高冠摩屋栋。
> 徙木遗风虽峭刻，取材尚足当世用。
> 寥寥后世岂乏人，尺寸未施谗已众。
> 要官无责空赋禄，轩盖传呼真一哄。

奇勋伟绩旷世无，仁人志士临风恸。

我游故祠九顿首，夜遇神君了非梦。

披云激电从天来，赤手骑鲸不施鞍。[1]

"都江堰"之名直到宋代才正式确立，之前曾有六种叫法，"离堆"是其中之一。李冰治水造福了千百年来蜀中百姓，从此洪水不再泛滥，水量可进行调节控制。在李冰之前，我国最早的传世典籍《尚书》中，记载了大禹治水的智慧。"岷山导江书禹贡"，就是指《禹贡》篇，其中有"岷山导江，东别为沱，又东至于澧"句。前两句是追溯大禹时巴蜀大地治水的历史，紧接着则歌咏"秦守"李冰。从秦到宋已千年，这伟大的工程依然守护着这方土地，鱼嘴分水既可控制洪水，也可灌溉良田，即是"决江一支溉数州"，有此水利工程才有陆游看到的"禾黍"都长到天上去了。那么，孙知微笔下的李冰是副什么模样呢？"岌嶪"指高峻，形容画中李冰是冠帽高耸，直接高到屋顶，形容这幅画像很大，李冰气宇轩昂之态便跃然纸上。"徙木"指搬动木头，借用商鞅取信于民的典故，秦时商鞅欲图变法，但担心不能取信百姓，于是便在国都南门立一木杆，承诺谁能搬到北门，即赏黄金。正是通过在轻而易举的事情上，也绝不含糊地兑现承诺，才取得了百姓的信任。陆游"徙木""取材"即指商鞅这个行为虽奇特了些，但从结果而言尚足取用。"寥寥"句以下就是借此叹当世人才不得重用，谗言四起，身居要职的人坐享俸禄，讲究些华丽热闹的排场，却没有丰功伟绩，让有胸怀抱负的仁人志士只能临风慨叹，无限悲恸。这里是借瞻仰李冰画像，而抒发对朝局、对自己遭际的感慨。最末，表达看到李冰画像，看到如此壮观的人类工程，心中不禁受到鼓舞，那句"赤手骑鲸不施鞍"是何等潇洒豪迈。

正如陆游诗中所感叹的，都江堰水利工程带给蜀中百姓的，不只是水润天府、沃野千里，也有李冰治水对后世人在人生态度、价值观念上的启发。这

---

[1] 钱仲联，马亚中主编，涂小马校注，《剑南诗稿校注》第 378 页，浙江教育出版社 2011 年版。

也许就是都江堰"灌注"在巴蜀大地上的意义，延续生命的意义，升华生命的意义。

比陆游稍晚来到成都的范成大，也来到都江堰，他笔下的感受却大不相同，他在《离堆行》中写道：

> 残山狠石双虎卧，斧迹鳞皴中凿破。
>
> 潭渊油油无敢唾，下有猛龙蹚铁锁。
>
> 自从分流注石门，西州粳稻如黄云。
>
> 刲羊五万大作社，春秋伐鼓苍烟根。
>
> 我昔官称劝农使，年年来激西江水。
>
> 成都火米不论钱，丝管相随看蚕市。
>
> 款门得得酌清尊，椒浆桂酒删膻荤。
>
> 妄欲一语神岂闻？更愿爱羊如爱人。[1]

范成大在此诗的序中写道："沿江有两崖中断，相传秦李太守凿此以分江水；又传李锁孽龙于潭中，今有伏龙观在潭上。蜀旱，支江水涸，即遣官致祭，壅都江水以自足，谓之摄水，无不应。民祭赛者率以羊，岁杀四五万计。"结合诗序，可知"残山"句是形容从北而下的岷江水气势汹涌地奔腾而来，沿江两崖中断而为何山残崖断。"斧迹"句即说相传是李冰凿开此山用来分水。诗中"潭渊""下有"两句，传说李冰在这江水下用铁锁锁住了孽龙，因此人们在水岸上建伏龙观。后来便写蜀中干旱时节，官吏祭祀祈福，分都江堰的水灌溉，使水流丰沛、稻米丰收。与陆游诗中说"禾黍连云种"异曲同工。于是人们便在社祭时，杀四五万头羊献给神灵。范成大也曾作"劝农使"，他年年会来到都江堰，领着众人祭神、摄水。火米指旱稻，是先蒸后炒的稻谷。"丝管"句写出成都市集的繁华。款门指敲门，"款门""椒浆"两句形容蜀中粮食充足，

---

[1] ［宋］范成大撰，《石湖居士诗集》卷十八，第247页，商务印书馆1937年版。

家家都有美酒。最后范成大说，想要胆大狂妄地说一句，希望神灵没有听到，即"希望人们像珍惜人一样珍惜羊"。与陆游诗中所表现的内容相比，范成大的诗中表达了一种不同的情怀，即对万物苍生的仁心与仁德。因此，要谈都江堰对成都历史文化、城市人文精神的影响，这些诗歌便成为弥足珍贵的第一手资料，向我们展示了这个世纪工程的重大意义。

　　一直以来，我们在解读都江堰水利工程对成都以及对巴蜀的影响时，大都关注工程本身所体现的顺应自然、天人合一的道家哲学，以及延续了大禹治水传统；我们也能明显地体会到、切实地感受到"水旱从人、不知饥馑"这八个字的分量，虽有不少研究已提到都江堰对成都人文精神的影响，但从古今民俗、从不同群体去考察分析的研究还比较缺乏，如范成大提到的祭祀、摄水，以及与李冰相关的传说等，都是生动展现都江堰水利工程影响人们生活方式、价值观念等方面的珍贵资料，值得给予更多关注。

　　都江堰水利工程距今两千多年，是迄今为止世界上留存年代最久的水利工程。历代虽有不同程度的维修，但总体构造经历上千年依然完好。1941 年 3 月，西北军阀首领冯玉祥在《离堆公园》中写道[1]：

> 李冰父子凿离堆，这才分开岷江水。
> 江水势分少泛滥，灌溉田地功甚伟。
>
> 现在此地成公园，人人都可来游玩。
> 园内有座大王庙，大王征服大自然。
>
> 庙中模型甚是多，可惜未能照此作。
> 计划再好有何用？李冰见此牙笑落。

---

[1] 冯玉祥著，于舟选编，《冯玉祥诗选》第 144 页，四川人民出版社 1982 年版。

> 李冰不过一太守，治水跟着大禹走。
>
> 不做大官做大事，芳名千古永不朽。

　　这四首诗展现出随着世事变迁，都江堰的历史越发厚重。在都江堰水利工程旁，人们陆续修建了纪念李冰父子的二王庙，也有传说镇压孽龙的伏龙观等，这些建筑、景观与都江堰形成一个整体，离堆公园也在其中。冯玉祥最后写到，李冰不过是蜀地的太守，官位并不大，但李冰延续大禹治水的智慧与传统，修建都江堰却是件功在千秋万代的大事。

　　过了近20年，著名文化名人、书法家赵朴初先生在1960年11月也来到都江堰，作《登离堆观都江堰分江处遂游青城山有作呈郭沫若院长》（节录）：

> 离堆何岩岩，瓶口纳澎湃。
>
> 投鞭分江流，一堰如统帅。
>
> 伟哉李父子，功勋孰可盖？
>
> 是宜与长城，并耀秦皇代。
>
> 长城久失用，徒留古迹在。
>
> 不如都江堰，万世资灌溉。
>
> 溪沟长不竭，仓廪恒满载。
>
> 二千二百年，到今称遗爱。
>
> 我来瞻庙象，低首为公拜。[1]

　　在附记中，赵先生说："离堆上有李冰庙，庙中陈列扩大灌溉面积规划示意图。壁间悬郭老纪游横幅，以青城山近在眉睫，未及一游为憾。""青城山—都江堰"是全四川唯一的世界文化遗产，在道教文化、水利文化等方面都有深远的影响和积极的意义。赵朴初先生此次来到都江堰，却未能一览近在咫尺的青

---

[1] 赵朴初著，《滴水集》第118页，作家出版社1961年版。

城山，确实很遗憾。在这首诗中，他将都江堰与秦时修建的长城相比，认为这是秦时所做成的两大惠民工程。然而长城早已失去它的功用，只是作为遗迹存在。在这点上就不如都江堰，都江堰2200年来一直持续"在岗"，保障了蜀中良田的灌溉，以致大小河流河沟永不枯竭，每年都粮食大丰收。赵朴初先生瞻仰着庙中的李冰画像，感慨都江堰的万世之功，心中充满敬佩。

就像那都江堰地区流传的歌谣所唱："都江堰，都江堰，征工作堰人无怨。一日用民千日利，一岁功成百岁饭。蜀之水，流汪洋，奔腾万里不可当。谁若引灌为国利，子子孙孙福无疆。都江堰，都江堰，蜀人努力天行健。切身工作一身当，为民衣食符民愿。岷之水，导外江，至今锁龙犹有桩。障得狂澜千万尺，造成福利安家邦"[1]，这是民工的劳动号子，最为朴实，歌谣中唱出了广大百姓的心声，修堰虽累但百姓乐意，这是造福百姓、造福子孙的大好事，蜀人能吃苦、自强不息，每年踏实认真地维修大堰，才能永保世世代代衣食无忧。都江堰是成就天府之国的关键因素，也是影响成都城市建设、城市文明、城市生活的重要因素。

二、都江堰对成都城市建设布局规划的影响

扬雄在《蜀都赋》中说，成都城的构建总体上呈现出"两江珥其市，九桥带其流"的格局，而此格局的形成就与都江堰相关。李冰修建都江堰水利工程，将北来的岷江水分为内江、外江，以控制水流量。外江为岷江正流，内江则流经成都平原，分为郫江、检江。《史记》记载李冰"穿二江成都之中"就是指李冰疏通郫江、检江。唐代诗人张籍作诗云："行尽青山到益州，锦城楼下二江流。杜家曾向此中住，为到浣花溪水头。"（张籍《送客游蜀》）这首诗中就写出了当时成都二江绕城而过的情形。

郫江在李冰时及至唐初，流经成都的途径大致是，"在成都城西南一段，郫

---

[1] 成都市文联　成都市诗词学会编著，《历代诗人咏成都》第279页，四川文艺出版社1999年版。（本书所引《历代诗人咏成都》均为此书，版本不再另注，请参考此处。）

江由少城西垣外经西南校场之间，折而东流，大体沿后世金河故道，经将军衙门南，经江渎庙北、人民公园半边桥北口而东南、与外江汇于东郭。"[1] 检江当时流经成都途径大约是，经苏坡桥到草堂寺，到百花潭，在成都南门附近与郫江汇合[2]。从郫江、检江流经成都的途径而知，二江绕成都西、南行，隔开了成都市区与西南方向的交通。因此，修桥通路是"穿二江"后的必然步骤。这是当时成都与蜀郡南部地区、巴郡的主要联系通道。[3] 李冰在二江上修建了"七桥"，七桥都建在成都城西、南面，将七桥相连，形状略似北斗七星，有"星桥"之名，如：冲星桥（冲治桥）、玑星桥（市桥）、员星桥（江桥）、长星桥（万里桥）、夷星桥（夷里桥、笮桥）、尾星桥（长升桥）、曲星桥（永平桥）。那么，何来"九桥"？历代文献中关于成都古桥的名称记载驳杂[4]，因此，原本的七桥便出现了九桥之说，实际上只有七座桥。这形似北斗的七座桥，位置直到晚清民国时都不曾大变。

秦朝统治成都城，有意发展成都的商业，便有"市张列肆"的记载。即在当时的大城中修建专门用来交易的市场，按照商品货物的不同种类分类设置交易区域。但随着人口逐渐增多，大城中的市场已不能满足人们的需求。李冰建七桥，恰好打通了城里与城外的交通要道，于是，大城中的"市"便开始往二江之间的空地迁移。扬雄说"二江珥市"，就是形容二江在城外环绕状似人耳，而其间的"市"就像是佩戴的珠玉珥饰。这片区域后来逐渐发展成为成都的闹市区。集市通常设在水陆交通便利的区域，久而久之便形成了闹市区。以万里桥为代表，张籍《成都曲》云，"锦江近西烟水绿，新雨山头荔枝熟。万里桥边多酒家，游人爱向谁家宿"；刘禹锡《竹枝词》云，"日出三竿春雾消，江头蜀客驻兰桡。凭寄狂夫书一纸，家住成都万里桥"；李白《野望》云，"西山白雪三城戍，南浦清江万里桥。海内风尘诸弟隔，天涯涕泪一身遥"，等等。万里

---

[1] 罗开玉，谢辉著，《成都通史（卷二）》第72页，四川人民出版社2011年版。
[2] 同注释[1]。
[3] 罗开玉，谢辉著，《成都通史（卷二）》第77页，四川人民出版社2011年版。
[4] 同注释[3]。

桥横跨锦江，桥边酒家商铺林立，众多游客文士都聚集在此，诗歌酬唱、觥筹交错，形成成都市内最热闹的商贸娱乐场所。秦汉时期，检江南岸还逐渐修建起锦官城、车官城，这里不仅是集市酒铺所在地，也是成都手工业的集中区。可见，城市建设中功能区域的划分因二江、七桥而发生了改变，这改变从源头来说，正是因为修建了都江堰。

正是"河渠奏绩屡丰年，大利归农蜀守贤。山郭水村皆入画，神皋天府各名田。富强不落高君后，陆海尤居郑国先。调剂二江饶万井，桃花春浪远连天"，这是近代国学大师罗骏声所作的《观都江堰放水》，罗骏声是都江堰人。都江堰对于成都的重要意义，不是三言两语就能说清道明的，就如这诗中所描绘的，有了河渠灌溉，蜀中年年丰收，才造就"山郭水村皆入画，神皋天府各名田"的太平景象，这是蜀中百姓从都江堰水利工程上最能切实感受到的，也是百姓的受益之处。都江堰为天府成都创造了富饶的物质条件，在此基础上，成都的商品经济、城市建设、人文精神等都以良好的态势持续发展，天府成都的帷幕从此便揭开了。

第二节　南市夜夜上元灯

秦汉时，成都在全国众多城市中已跻身第二位，仅次于都城长安；到魏晋南北朝，受战争频发、动乱不安的影响，成都的城市发展迎来巨大阻力。直到隋朝统一，成都终于在相对稳定的局势中重新出发。隋唐时期，成都达到经济文化发展的第二次高潮。射洪人陈子昂在呈给武则天的奏章中写道："蜀为西南一都会，国家之宝库，天下珍宝，聚出其中，又人富粟多，顺江而下，可以兼济中国。"成都自古以来就是西南的枢纽城市，地广物博、生活富裕，足以成为全国的粮仓。诗人们来到成都，李白盛赞："水绿天青不起尘，风光和暖胜三秦。"杜甫惊叹："信美无与适，侧身望川梁。"郑谷说："蒙顶茶畦千点露，浣花笺纸一溪春。"田澄也说："地富鱼为米，山芳桂是樵。"通过这些作品，我们可以看到，经过岁月的磨炼，成都依然风光秀美。唐朝时期的成都不仅市井繁华，而且更加规范有序；这里有很多名人古迹，新的人文景观也在逐渐形成；成都延续文翁讲学的传统，尊崇儒学，和谐发展佛教、道教，形成三教流播均衡的局面。此时，从经济文化各方面，成都都得到了快速发展，当时人称"扬一益二"。到宋朝，宋祁认为此时成都已远远超过其他朝代，说："此时全盛超西汉，还有渊云作颂无。"陆游则想在此地托付余生，说："客报城西有园卖，老夫白首欲望归。"汪元量形容成都酒肆林立、笑语喧哗，说："锦城满目是烟花，处处红楼卖酒家。"从隋唐积淀的实力在宋朝呈现出来，即如世界上第一张纸币"交子"的诞生，便足以说明当时成都的经济实力与影响力。从隋唐到宋朝，成都的经济文化都在蓄势待发，我们可以看到这座城市在经济繁荣的同时，也迎来了城市的蓬勃发展。

一、唐宋时期的成都集市

从秦汉以来，成都在农业、手工业生产上就居于全国前列，粮食、盐、茶、酒、布等，在满足本地百姓所需外，还能向其他城市输出，在全国产品贸易上也遥遥领先。唐宋时，因商品贸易的大量需求，城市的坊市制度[1] 逐渐放宽：从交易时间来说，原规定在正午时间（"日中为市"），到唐后期晚上也可以，首次出现了"夜市"；从交易空间来说，原店铺都在城中的"市"（用高墙圈出来的特定区域）营业，后来出现了沿街的集市（以街为市）[2]；从交易门类来说，出现按商品门类划分的集市，如蚕市、花市、药市、酒市等。坊市制度的打破，

---

[1] "坊"本指城市中基本的居住单元，呈现出整齐分布的格局，也称里巷。"市"指进行交易的固定场所。坊市制度，指将城市中的住宅区（坊）和商品交易区（市）区分开来，居住区严禁经商，通过法律制度严格规定交易的时间、地点。

[2] 谢元鲁著，《成都通史（卷三）》第 239 页，四川人民出版社 2011 年版。

致使以前固定交易的市场扩大到全城，街头巷尾都可以是商品交换的地方。夜市的出现也极大地扩充了商品交易的时间。而各类分类集市的出现更体现出商品经济发展中的规范有序。从成都集市的变化，我们已然能看到唐宋时期成都经济的繁荣。

唐宋时期，成都形成了在城市不同片区固定举行的集市。文献记载中，出现有东市、大东市、西市（也称府市、州市，在市桥与笮桥之间）、南市（城内南面临锦江）、新南市（万里桥处，北面临锦江）、北市、新北市。[1] 其中南市、新南市最为热闹。如杜甫《春水生（其二）》中写道：

> 一夜水高二尺强，数日不可更禁当。
>
> 南市津头有船卖，无钱即买系篱旁。[2]

这是在春季水涨之后，杜甫提到南市江边有船只出售。到宋朝，诗词中提到的"南市"多指新南市。如陆游诗《饭罢戏作》"南市沽浊醪，浮螘甘不坏"，《感旧绝句（其三）》"南市夜夜上元灯，西郊日日是清明"，《怀成都十韵》"斗鸡南市各分朋，射雉西郊常命中"。南市在万里桥附近，而万里桥是成都重要的码头，很多货物在这里集散、转运，因而南市逐渐发展成为成都当时繁华的闹市。人们在南宋可以喝酒、斗鸡、看灯会，而这些都是吵闹嬉笑的游玩项目；西郊与南市不同，相对地广人稀，可以去打打野鸡之类的。这是在城市四方为方便各处货物贸易、市民生活而逐渐发展起来的集市。此外，还有因交易商品种类而划分的集市，这类集市在唐朝后期已出现，到宋朝发展成为固定模式。

据北宋赵抃的《成都古今记》记载，成都每月有不同集市："正月灯市，二月花市，三月蚕市，四月锦市，五月扇市，六月香市，七月七宝市，八月桂市，九月药市，十月酒市，十一月梅市，十二月桃符市。"我们从其他文献得

---

[1] 粟品孝等著，《成都通史（卷四）》第 148-149 页，四川人民出版社 2011 年版。

[2] 《杜诗详注》第 980 页。

知，各类集市也不会严格只在某月交易，每月集市所交易的商品也不止一类，蚕市、药市等一年中就会举行多次。

1. 花市

花市起源很早，古时农历二月十五日会举行庙会，庆祝道教始祖老子的生辰。这时正值百花盛开，人们也借此朝拜百花仙子，称"花朝"。人们赶庙会、赏百花，逐渐在花朝前后便形成了花市，地点主要在青羊宫一带。花市一直延续到清末，到近现代转变为青羊宫花会，是人们游春赏花固定的民俗活动。早在黄巢起义军攻入长安、唐僖宗避难入蜀时，萧遘拜相随从，来到成都后，这位经历战乱的朝中重臣，即写下：

　　月晓已闻花市合，江平偏见竹簰多。

　　好教载取芳菲树，剩照岷天瑟瑟波。

（《成都》）[1]

萧遘感叹成都集市的繁华，这就像隔绝战乱的世外桃源。夜色渐渐消散、天将拂晓之际，此时成都的花市已经开市，江边停着很多大竹筏子，商人、买家，还有赶集的人熙熙攘攘地聚集着，各种叫卖声、讨价声、吆喝声混杂在空气中。"芳菲树"指开满芬芳花朵的树；岷天，指成都的天空；瑟瑟波，指碧波。形容花市上交易很热闹，江面上倒映着成都的天空，描绘出当时成都一片安乐祥和的景象。宋朝入蜀的诗人，他们笔下多有描绘"花市"的诗句，如薛田说："柳堤夜月珠帘卷，花市春风绣幕褰。"（《成都书事百韵》）陆游说："二十里中香不断，青羊宫到浣花溪。"（《梅花绝句》）明清时期，诗人的作品中依然可见花市的热闹，如明代高士彦写道："花市繁香连药市，岷流浩渺接巴流。"（《春兴》）清代王光裕写道："武侯祠畔路迢迢，迂道还从万里桥。转向青羊宫里去，明天花市是花朝。"（《竹枝词》）谢家驹写道："二月花朝雨后晴，锦官城外荡舟行。红

[1]《全蜀艺文志》第 103 页。

颜却怕红尘染,不听人声听水声。"(《花会场竹枝词》)吴好山写道:"仲春十六
会期时,货积如山色色宜。去向二仙庵里看,令人爱煞好花枝。"(《成都花市》)
刘师亮写道:"看花先到'二仙庵',买得名花莫担担。喊架包车拖起去,载将春
色过城南。"(《续青羊宫花市竹枝词》)到近现代,人们还是会在春暖花开时节去
逛花会。1943 年,被禁止十年左右的花会重新开张,林思进在《如此江山》这首
词中写道:

> 成都往事花朝节,踏青竞寻南陌。八角亭开,百花潭暖,士女嬉
> 春如织。汗巾钗泽。凑花市棚根,酒垆帘隙。宝马香车,更加十里曲
> 尘接。
>
> 兵戈催换世短,抚青羊滴泪,暗悲铜狄。跨鹤仙升,保蚕符渺,
> 但听卖花人说,岁华非昔。怕大尹遨头,老农吞泣。飞絮何干,故添
> 衰鬓白。[1]

词上阕写花朝节人们看花喝酒的热闹。下阕,"保蚕符"是一种保佑蚕桑丰
收的符箓,当时青羊宫、二仙庵的道士在黄纸上画保蚕符箓来出售。"大尹"指
地方长官。"遨头",宋代习俗,一般由地方长官带头组织出游,称为遨头。下
阕将花会的热闹与时事乱离、农民艰辛、生命苦短等相结合,写出了热闹背后
的人生感触。

2. 蚕市

四川称为"蜀",源于远古时蚕丛氏为蜀主,教民蚕桑。养蚕植桑与成都有
如此深厚的渊源,成都生产的精美蜀布、蜀锦也受到各地人士的喜爱。唐朝时,
成都在每年三月举行蚕市,这是十二月市中最热闹的集市。据说蚕市是为了纪念
蚕丛氏教蜀人养蚕,后来为祭祀蚕神,祈求丰收,便在三月时节举行祭奠仪式。
蚕市涉及的活动有祭神、交易、游玩等,晚唐词人韦庄在《怨王孙》中写道:

---

[1] 林思进著,《清寂堂集》第 540 页,巴蜀书社 1989 年版。

锦里，蚕市，满街珠翠，千万红妆。玉蝉金雀，宝髻花簇鸣珰，绣衣长。日斜归去人难见，青楼远，队队行云散。不知今夜，何处深锁兰房，隔仙乡。[1]

　　词中描绘出在锦里举行蚕市的热闹景象，并写出了游玩中少男少女的心情。街上货物琳琅满目，游玩的人也穿戴得十分美丽，由此可见，前蜀时期蚕市的大致情形。

　　宋代蚕市从正月到三月多次举行，蚕市地点通常是成都城内最热闹的场所，如南门、大慈寺、五门、宝历寺、圣寿寺、学射山等。曾任成都知府的田况在诗中就分别记录了南门蚕市、大慈寺蚕市、圣寿寺蚕市的盛况。《五日州南门蚕市》云：

> 齐民聚百货，贸鬻贵及时。
>
> 乘此耕桑前，以助农绩资。
>
> 物品何其夥，碎瑮皆不遗。
>
> 编篷列箱笞，饬木柄锄镃。
>
> 备用诚为急，舍器工曷施。
>
> 名花蕴天艳，灵药昌寿祺。
>
> 根萌渐开发，纍载相参差。
>
> 游人衒识赏，善贾求珍奇。
>
> 予真徇俗者，行观亦忘疲。
>
> 日暮宴觞罢，众皆云适宜。[2]

　　将要开始耕种，蚕市上各式货物及时交易，方箱圆笞和锄头等各式农具一

---

[1]［唐］温庭筠，韦庄著，《温庭筠词集·韦庄词集》第129页，上海古籍出版社2010年版。

[2]《全蜀艺文志》第430页。

应俱全。田况写到在蚕市上除了繁忙的交易，也有很多人是上街去游玩的，田况便是如此，看到满街各式农具、货物而忘了疲劳，人们在这样的氛围中其乐融融。在《九日太慈寺蚕市》中，他写道：

> 高阁长廊门四开，新晴市井绝尘埃。
>
> 老农肯信忧民意，又见笙歌入诗来。[1]

蚕市展现出城市商品经济的活力。又如《二十三日圣寿寺蚕市》中，田况写道：

> 垄断争趋利，仁园敞邃深。
>
> 经年储百货，有意享千金。
>
> 器用先农事，人声混乐音。
>
> 蚕丛故祠在，致祝顺民心。[2]

有人囤积货物、垄断暴富，住豪宅大院。田况作为知府能清晰地看到这些现象，的确是百姓之福。各种叫卖声夹杂在蚕市的音乐声中，这位地方官来到蚕丛古祠，祈愿既能顺天意又能顺民心。

所谓"成都游赏之盛甲于西蜀"，宋代成都当时已形成好游赏的风气。由地方长官带头主持各种宴席和游赏活动，地方官吏被称为"遨头"，群众跟着取乐被称为"遨床"。田况在成都做官期间，就曾作 21 首诗记载各节庆及平时城内游玩的热闹景象，名为《成都遨乐诗》。蚕市期间也有各种游乐活动。据费著《岁华纪丽谱》记载，正月五日，在五门（指玉局观五凤楼门）举行蚕市，太守在门外摆设宴席；正月二十三日，圣寿寺前举行蚕市，太守先到寺中拜

---

[1]《全蜀艺文志》第 433 页。

[2]《全蜀艺文志》第 431 页。

祭，再开宴。"旧出万里桥，登乐俗园亭；今则早宴祥符寺，晚宴信相院"。三月二十七日，在大西门睿圣夫人庙前蚕市，太守先进庙祭拜，后宴于净众寺，晚宴大智院。[1] 除蚕市外，药市及各节庆都会设宴游赏，城中百姓无论贫富都乐于参与。仲殊的《望江南·蚕市》云：

> 成都好，蚕市趁遨游。夜放笙歌喧紫陌，春邀灯火上红楼。车马溢瀛洲。人散后，茧馆喜绸缪。柳叶已饶烟黛细，桑条何似玉纤柔。立马看风流。[2]

人们畅游蚕市，红楼里夜夜笙歌、灯火通明，大街上车水马龙、人声嘈杂。"绸缪"指上乘的轻薄细软的丝织品。蚕市上人们互通有无，也趁此机会聚会饮酒、逛庙娱乐。成都的悠游享乐大多与集市、节庆相结合，从年初的元宵到岁末的除夕都有活动，人们逢集交易，宴饮聚会，游山玩水，拜寺祈福，城中到处是车水马龙、笙歌欢舞的景象。但在这些热闹背后，也有着不为人知的辛酸。即如田况说的"垄断争趋利，仁园敞邃深。经年储百货，有意享千金"，与商人的暴利相对应的则是百姓的艰辛。宋代词人宋祁作《八日太慈寺前蚕市》云：

> 蜀虽云乐土，民勤过四方。
>
> 寸壤不容隙，仅能充岁粮。
>
> 间或容堕嫱，曷能备凶痒。
>
> 所以农桑具，市易时相望。
>
> 野氓集广廛，众贾趋宝坊。
>
> 惇本诚急务，戒其靡怨常。

---

[1]《全蜀艺文志》第 1708-1712 页。

[2] 周振甫主编，《唐诗宋词元曲全集·唐宋全词》第 7 册第 2588 页，黄山书社 1999 年版。

兹会良足喜，后贤勿忽忘。[1]

宋仁宗皇祐五年（1053），宋祁任成都知府，在成都生活了共六年时间。蜀人虽沉溺于享乐，但辛勤劳作并不输四方，我们看到成都市场经济的飞速发展，感受蚕市的繁华热闹，也不能忽略在歌舞升平的背后有广大蜀农的辛勤与不易。再如苏轼作《和子由蚕市》云：

> 蜀人衣食常苦艰，蜀人游乐不知还。
>
> 千人耕种万人食，一年辛苦一春闲。
>
> 闲时尚以蚕为市，共忘辛苦逐欣欢。
>
> 去年霜降斫秋获，今年箔积如连山。
>
> 破瓢为轮土为釜，争买不翅金与纨。
>
> 忆昔与子皆童卯，年年废书走市观。
>
> 市人争夸斗巧智，野人喑哑遭欺谩。
>
> 诗来使我感旧事，不悲去国悲流年。[2]

蜀人生性乐观，即使生活艰苦，依然可以"游乐不知还"；桑农们在蚕市交易，热闹欢乐之间似乎就冲淡了平日耕织的辛苦。苏轼也描绘了混杂在市场喧闹之中的各色嘴脸，商人们以三寸之舌夸奇斗巧，农民质朴讷言免不了被诓骗。蚕市中各种景象都生动地反映着唐宋时期成都的城市面貌。

3. 药市

"十二月市"中，文献记载最多的是蚕市，此外就数药市。药市不只在九月，每年农历二月八日、三月九日会有观街药市，九月九日是玉局观药市。玉局观药市规模最大，宋祁有《九日药市作》诗，云：

---

[1]《全蜀艺文志》第 432 页。

[2] [宋] 苏轼著，邓立勋编校，《苏东坡全集上》第 21 页，黄山书社 1997 年版。

阳九协嘉神，期入使多暇。

五药会广廛，游肩闹相驾。

灵品罗贾区，仙芬冒闠舍。

撷露来山阿，斫烟去岩罅。

载道杂提携，盈詹更荐藉。

乘时物无贱，投乏利能射。

饔苓互作主，参荠交相假。

曹植谨赝令，韩康无二价。

西南岁多疠，卑湿连春夏。

佳剂止刀圭，千金厚相谢。

刺史主求瘼，万室击吾化。

顾赖药石功，扪襟重惭喏。[1]

《易经》中六阴九阳，九为阳数，故九月九日名为重阳节。五药指草、木、虫、石、谷五种。重阳节这天玉局观的药市热闹非凡，市场上堆积着各种药物，山林之中、悬崖之畔、深海之内，飞禽走兽以及草木花石无不罗列，药物的香味飘满了整条街道。汪元量《药市》云：

蜀乡人是大医王，一道长街尽药香。

天下苍生正狼狈，愿分良剂救膏肓。[2]

成都药市发达，一是因为成都地处西南盆地的中心，常年阴暗潮湿，容易滋生各种瘟疫，即宋祁云"西南岁多疠，卑湿连春夏。佳剂止刀圭，千金厚相谢"，因此药市很受欢迎；二是成都物产富饶，这里盛产各种名贵药材，"合欢

---

[1]《全蜀艺文志》第 438 页。

[2]［宋］汪元量著，胡才甫校注，《汪元量集校注》第 199 页，浙江古籍出版社 1999 年版。

味甘平，生益州""金星草，峨眉、青城山俱有之"（曹学佺《蜀中广记》）。药市主要还是以药材交易为主，对于医疗卫生条件有限的古人来说十分重要。但药市并不呆板严肃，依然是人们闲游享乐的机会。《岁华纪丽谱》记载，二月八日，观街药市。早宴大慈寺之设厅，晚宴金绳院。三月九日，观街药市。早晚宴如二月八日。[1] 药市游赏景象，见仲殊《望江南·药市》云："成都好，药市晏游闲。步出五门鸣剑佩，别登三岛看神仙，缥缈结灵烟。云影里，歌吹暖霜天，何用菊花浮玉醴，愿求朱草化金丹，一粒定长年。"[2] 人们怀着对长生不老的美好愿景，尽情地享受着生命的馈赠。

4. 酒市

成都每年十月举行酒市。蜀中盛产各种美酒，如著名的文君酒。晚唐诗人郑谷来到成都，作《蜀中》诗云：

> 马头春向鹿头关，远树平芜一望闲。
> 雪下文君沽酒市，云藏李白读书山。
> 江楼客恨黄梅后，村落人歌紫芋间。
> 堤月桥灯好时景，汉庭无事不征蛮。[3]

一代才女卓文君曾当街卖酒，有"文君当垆，相如涤器"的佳话。喝酒助兴是宴席必备，在成都众多游赏活动中自然都少不了酒，因此，酒的交易十分频繁。宋代四川设置专门管理酿酒、卖酒、税收等事务的部门，酒税是四川财政的主要来源之一。来到四川的诗人们，大多在诗中提到对川酒的热爱。宋祁作《成都》诗云：

---

[1]《全蜀艺文志》第 1711 页。

[2] 周振甫主编，《唐诗宋词元曲全集·唐宋全词（第 7 册）》第 2588 页。

[3]《全蜀艺文志》第 107 页。

风物繁雄古奥区，十年伧父巧论都。

云藏海客星间石，花识文君酒处垆。

两剑作关屏对绕，二江联派练平铺。

此时全盛超西汉，还有渊云抒颂无。[1]

文君酒已经是成都的金字招牌之一。再如陆游《文君井》写道：

落魄西州泥酒杯，酒酣几度上琴台。

青鞋自笑无羁束，又向文君井畔来。[2]

陆游喜好喝酒，对于文君酒情有独钟，酒醉之后又踱步到了琴台，可想而知文君酒的巨大魅力。

酒市交易的大致情形，在 1909 年庆余创作的《成都月市竹枝词·酒市》中有描写：

十里香风扑鼻来，盈盈碧绿酒新醅。

郎今欲醉须当醉，趁取芳时饮一杯。

"草堂"春转小阳天，帘影风摇卷暮烟。

如此心愁如此酒，丹枫乱落到人前。[3]

在杜甫草堂一带有酒市。关于酒市的举行地点，暂无更多的确切资料，但在万里桥等地应该会有很多酒市，毕竟诗云"万里桥边多酒家"。

除以上这些具有代表性的集市外，成都从唐代后期起兴起了"夜市"，至

[1]［宋］袁说友等编，赵晓兰整理，《成都文类》卷二，中华书局 2011 年版。

[2]《剑南诗稿校注》第 105 页。

[3]《成都竹枝词》第 159 页。

宋朝夜市就更加普遍，有云"锦江夜市连三鼓，石宝书斋彻五更"，就是描绘夜市通宵营业的状况。夜市常设在成都城内最繁华的地段，如锦江一带及各大寺院附近等。北宋时夜市交易持续到三更，南宋时则通宵达旦。田况的《七月六日晚登大慈寺阁观夜市》写道："万里银潢贯紫虚，桥边螭蟠待星姝。年年巧若从人乞，未省灵恩遍得无？""银潢"指银河，"紫虚"指太空。"螭"是传说中的无角龙，"星姝"指织女星。此日临近七夕，诗人登大慈寺，见夜市灯火通明映照着夜空，想起七夕节妇女要向织女星祈祷，祈求刺绣织布的功夫有长进。陆游也作诗说："明河七夕后，倦马五门前。小市灯初闹，高楼鼓已传。"（《七月八日马上作》）同样描绘了七夕前后五门夜市华灯初上、人声鼎沸的热闹情景。夜市不仅延长了商品交易的时间，更提供了夜间欢聚畅饮的场所。从城市的发展来说，"夜市"的出现从很大程度上代表着城市经济的发展状况以及消费水平。只有综合经济实力强、人们消费水平高的城市，才会兴起并流行"夜市"。

在这些唐宋诗词中，诗人们描绘出成都集市的繁荣，昭显了城市经济的发展。经济发展也与城市的空间布局、建设改造相互影响。当年李冰修建都江堰，穿二江于成都，修七桥沟通城西南，将原大城内的集市迁移到二江流域（尤其是检江南岸），致使万里桥、青羊宫、浣花溪等逐渐形成商铺林立、游人如织的繁华景象。万里桥、青羊宫、大慈寺等闹市区形成后，"十二月市"的大部分集市就在这些地方举行。这便反映出城市经济在城市整体发展中的重要作用。

二、清末劝业场

提及清末劝业场，要先从成都开创性发明了世界第一张纸币说起。唐宋时期成都各类集市已形成，商品流通量很大，货币需求也随之增大。当时交易使用的是铁钱，史载"小钱每十贯，重六十五斤，折大钱一贯，重十二斤。街市买卖，至三五贯文，即难以携持"。铁钱相对笨重，实在不便于商品交易。在此情形下，到宋太宗至道年间，蜀人就因铁钱太重，私底下以文券的形式充当钱币，这便是世界上最早出现的纸币——"交子"。

交子最早其实是取款的凭证。人们将一大笔铁钱存入铺号暂存，铺号支出一张凭证，"同用一色纸印造，印文用屋木人物，铺户押字，各自隐密题号，朱墨间错"（李攸《宋朝事实》），这就是交子。后来，人们为节省支付给铺号的保管费，也为了省去使用铁钱的麻烦，便直接用"交子"来交易，这样活期存单性质的交子，便逐渐被当作信用货币，存款凭证性质的交子，便演变成了信用纸币性质的交子。所以，交子实际上是商品贸易便利化、纸张票据可信化的产物。后来，宋仁宗天圣二年（1024）朝廷发布诏令，在益州（今西南地区一带）设立交子务，这是专门发行交子、监管流通、调控交子币值的机构。益州交子务成立后，就发行了世界历史上第一批官方纸币。

从交子产生在成都，可见成都独具创造力的城市精神。蜀人骨子里延续着这种大胆突破局限，创造便利条件的智慧，就如西汉时张骞通西域，在大夏国竟发现了蜀布和邛竹杖，说明成都早在西汉就已将商品销往国外。披荆斩棘、勇于创新一直在这座城市的发展中发挥着强大的动力作用。在清末依然如此。

光绪三十三年（1907），赵尔巽任四川总督，请朝廷任命周善培为通省劝业道总办。同年，周善培与成都商务总会樊起鸿共同筹办，由著名营造商江建廷设计施工，建成了全国第一所"振兴实业、发展工商"的劝业场。于宣统元年（1909），"三月初三，成都劝业场正式开业。劝业场，为成都市最早的商业大卖场"，"是通街式建筑，长近百丈，后场口北向华兴街，中设东西支路。场内店房为一楼一底通廊式建筑，砖木结构，前后设走廊，俗称'走马转角楼'。建筑风格系仿西洋风格，拱券大门，罗马柱式，整个建筑高大宽敞。前后场口辟有舆马场地，专备游人停驻车马，并规定'舆马不能入场'。场口设有栅栏，早晚启闭。"[1] 这便是当年劝业场修建的过程及劝业场的大致规模、建筑风格。

所谓"劝业"，是指促进本地工商业的发展。"开业以后的营业状况表明，外省与外国的货物销量大于本土，原来的劝业初衷很难实现，遂于宣统二年四

[1]《看历史》杂志主编，《回到历史现场》第11页，成都时代出版社2018年版。

月初十日（1910 年 5 月 18 日）再次改名为'商业场'，不再以劝助本地工商为目的"[1]，虽然在劝业上并没有达到预期效果，但也吸引了很多本地、外地知名店铺来此开店，"当时有 300 多家商家到这里集中展销，开设了百货、饮食、茶馆、客栈、书画、玉器、粮果、烟酒等各种店铺 150 多家，有名者如北京'敬益增'京货局，'久成元'绸缎庄。在商业场中，还有多家餐馆、茶馆与曲艺演出场所。成都历史上第一家既卖川菜同时兼营西点的餐厅'楼外楼'就开设在这里，成都最早的以'菜羹香'为店名的川菜馆也开设在这里，其特色菜式是鳝鱼与青蛙。新开的茶馆都是以'茶香''水好''座雅''楼高'相标榜"[2]，形成集购物、吃喝、玩乐、住宿为一体的首个综合性商贸场所。此外，劝业场的出现给城市发展带来很多"新玩意儿"，极大地加快了城市的现代化进程，如电灯、自来水、公共剧院等。

1. 电灯

郭沫若在《民初成都电灯》中写道："楼前梭线路难通，龙马高车走不穷。铁笛一声飞过了，大家争看电灯红。"[3] 电灯在成都出现就是因商业场的发展需要。当时从上海购回 40 千瓦的直流发电机一台，安置在商业场西北角，供全场发电。又在前后场口悬一只电灯，每晚发电必吸引众多观众来观看"奇观"，有的甚至不惜赶数十公里路进城来看。郭沫若当时是少年时代，在成都求学，看到这前所未有的景象便写下了这首诗。商业场地处城市中的繁华地段，在这里架线输电会造成一时的交通拥堵。但只要发电的声音一响起，城里城外的百姓便赶着来看"奇观"。

2. 自来水

当时的自来水并不同于今日，被称为"人挑自来水"，是在华兴街建起一个蓄水池，雇专人挑水，主要是供给商业场中餐饮、茶楼等店铺所用。宣统元年

[1] 张莉红，张学君著，《成都通史（卷六）》第 336 页，四川人民出版社 2011 年版。
[2] 张莉红，张学君著，《成都通史（卷六）》第 336 页，四川人民出版社 2011 年版。
[3] 郭沫若著，郭平英，秦川编注，《敝帚集·集外》第 126 页，中国文联出版社 2016 年版。

（1909），在商业场旁建成了悦来旅馆，共三层楼房，旅馆中住宿条件上乘，有浴室、电灯、冷热水、自来水，供应各式中西餐。这是成都首家新式旅馆，从卫生条件、装修布置、服务理念上都代表着成都服务业在逐步走向近代化。

3. 公共剧院

若说成都市内的公共空间，像茶馆就出现得比较早。而公共剧院的出现是在商业场兴起之后。商人吴澄波在会府东街开办了成都第一座戏院"可园"，场场观众爆满。后来周善培与樊孔周等一起募资，在华兴正街老郎庙修建了著名的悦来茶园。悦来茶园既可以喝茶，更可以看戏。茶园很大，可同时容纳数百位观众，而且将男女宾入口分开，方便女宾看戏。有诗说"梨园全部隶茶园，戏目天天列市垣。买座价钱分几等，女宾到处最销魂"（冯家吉《锦城竹枝词》），就描绘出当时茶园唱戏的大致情形。男女宾分入口进场，分区就座，是对以前女子不得进入社交场合的改革，当时有不少诗提及，如"社交男女要分开，才把平权博得来。若问社交何处所，'维新'茶社大家挨"，又如"女宾茶社向南开，设有梳妆玉镜台。问道先生何处去，'双龙池'里吃茶来"，"雅座家家设女宾，男宾雅座杳无闻。方今男女称平等，平等如斯也笑人"[1]，社会提倡男女平等后，女子也可以出入社交场合，于是在公共空间里多出不少新式的布置，引得市民众说纷纭。

因此，商业场对成都城市发展的影响不仅是促进了城市工商业的繁荣，也带来了市民生活方式、行为习惯、价值观念的改变。刘师亮曾写过一组描绘民国时期改良之风盛行，有关妇女服饰、装扮的词，名为《新式美人竹枝词》：

> 手长袖短量身材，独具鏖寒亦壮哉。
>
> 莫谓冰肌真耐冷，经春犹见冻疤来。
>
> 高跟鞋子说时髦，娱乐场中日几遭。
>
> 路上若逢新姊妹，声传橐橐问谁高。

[1] ［清］刘师亮著，《续青羊宫花市竹枝词》，《成都竹枝词》第92、94页。

嘴皮似火嫩东东，涂得胭脂一转红。

误认血盆张大口，吃人无厌在当中。

十指纤纤玉笋排，"春熙路"上任徘徊。

途行屡把牙签倩，表示方才陪酒来。

骇人恶鬼仗头发，比鬼头发更见凶。

毕竟是人还是鬼，魑魅魍魉喜相逢。

二五年来睡得宽，要驱二五又何难。

大家头发齐鬄起，纵是魔鬼胆也寒。[1]

　　显然诗人对于新式潮流并不欣赏，如写女性为了显身材，把袖子变短，结果满手冻疱；又写她们穿着高跟鞋，每日要到闹市走几遭，还故意踩得噔噔响；写涂口红，就个个涂成血盆大口；写烫头发，蓬松起来比鬼还吓人。用这些毫不客气的语言，诗人讽刺当时女性涂口红、穿高跟鞋、烫头发等盲目跟风的行为。这些诗从侧面反映出当时新的审美观念，改良服装、改换装扮都是新文化作用于人们日常生活的明显表现，城市文明在这点点滴滴的变化中逐渐走向现代化。刘师亮还有一组描绘民国初期市民生活的诗，名为《新生活竹枝词》（节选）：

道德年来付隐沦，久而不见便为新。

寄言领导提倡者，应对新人感旧人。

罪有重婚载律条，伟人尽可贮多娇。

多妻也是新生活，总说一人兼几桃。

崭新生活此提倡，教育从今应改良。

[1]　[清]刘师亮著，《新式美人竹枝词》，《成都竹枝词》第107页。

最有一般心痛处，女生不作作流娼。

自由恋爱说文明，报载诸多女学生。

但愿执鞭诸教授，力图改进树先声。[1]

对人们生活冲击比较大的是在男女道德观念上。中国几千年宣扬的"男女授受不亲""父母之命，媒妁之言"等，都在新时期受到挑战。刘师亮从批判的角度提出，人们要破除旧习，追求自由解放，却要么矫枉过正，要么徇私舞弊。人们提倡自由恋爱、提倡新生活，但女生沦为流娼；虽然明文规定一夫一妻制，但妻妾成群的现象依然有。这些现象其实是社会在新旧过渡时期普遍存在的，虽然充满矛盾、批判、迷茫，甚至是讽刺，但城市却一直在持续向前发展。

第三节　风物繁雄古奥区

成都从建城以来，2300 年城名不曾更改，城址从未迁移，这在我国城市发展史上堪称少有的特例。有秦岭这道屏障的天然保护，有都江堰对水的有效调节，加之平原沃野千里，如此优厚的自然条件促成了成都"原地"发展。这对于成都的城市发展而言大有裨益，有助于形成独特而厚重的城市记忆。成都虽历经朝代更迭、风云变幻，有过那么几次毁灭性的重创，但终究在这片土地上得以绵延生息，并迎来城市发展的数次高峰。两千多年来，各种历史事件相继发生，各色历史人物轮番登场，曾经的人与事，有的以名胜古迹的形式、有的以文字记录的形式留存到现在，有这些历史才叫"成都"，是讲述中的"成

---

[1]［清］刘师亮著，《新生活竹枝词》，《成都竹枝词》第 106 页。

都"，也是今日蓬勃发展的"成都"。

"湖山历尽漫栖迟，凭吊蓉城一赋诗。万里桥南诸葛庙，百花潭北少陵祠。探奇频访支机石，览胜还摹誓水碑。蜡屐青羊寻羽客，扶筇威凤采灵芝。琴台寂寞迷荒径，镜冢沉埋宿怪鸥。卖卜风高真不泯，当垆佳话亦堪嗤。筹边驿上吹霜角，濯锦江头卓酒旗。处处新楷藏白屋，家家慈竹覆东篱。地因劫火悲芳草，客为残春怨子规。好购鸾笺临薛井，暂沽郫酿泛醝醾。岷山雪净千峰外，犀浦梅黄四月时。更踏碧鸡坊里路，海棠经雨湿胭脂。"[1] 这是清代诗人向日升所写，诗中提及成都的古迹遗存，有万里桥、诸葛庙、百花潭、杜甫草堂、支机石、誓水碑（李冰治水留下三石人，相传与江神盟誓"水涨不至肩，水枯不至足"，后来用作观测水位的标志）、青羊宫、琴台、武担山（"镜冢"指武担山上古蜀王妃墓前的石镜）、筹边楼、薛涛井、碧鸡坊，人物则有诸葛亮、杜甫、李冰、严君平、卓文君、司马相如、杜宇、薛涛，风物则有邛竹杖、蜀锦、郫筒酒、醝醾酒、薛涛笺，这还只能算是略举一二。所谓"风物繁雄古奥区，十年伧父巧论都"（宋祁《成都》），就是盛赞成都自古以来物产富饶、名胜繁多、人物俊美，比左思在《三都赋》中写得还要恢宏。这便是这座城市数千年来积累的深厚的历史底蕴。

关于"成都"的由来。用"成""都"二字来称这座西南大都会，最早见于战国晚期的出土文物，在传世文献中则最早见于西汉时期的《史记》和《蜀王本纪》。据巴蜀文化学者袁庭栋分析，"成都的得名应当是出于古代蜀人的语言。古代的蜀人是氐羌的后代，在古代的氐羌语言中，把地方、地区都叫做'都'"，"成都的'都'在古蜀语言中就是'地方'的意思，而'成'和'蜀'古音相通"，"所以，无论是'成'还是'都'，都是在战国后期蜀地受中原文化的强大影响之后用中原的汉字书写的古蜀语言。"[2] 也就是古蜀语言经过翻译，音译成汉字，便写作"成都"。这种说法很有道理。虽然成都之名并不直

---

[1]《历代诗人咏成都》第 26 页。
[2] 袁庭栋著，《成都街巷志》第 4-5 页，四川文艺出版社 2018 年版。

接来源于"一年成聚,二年成邑,三年成都",却深刻反映出成都独特的文化来源。

再看建城沿革。最初秦入巴蜀,张仪、张若修建大城、少城,二城相邻;唐代高骈扩建大城,变为大城包少城,新城称为罗城;经历宋末元初的战火,罗城大部分被毁,少城全毁,到明蜀王重修大城,称为府城,并在少城基础上修建了皇城(明蜀王府);之后经历战火,几乎又是全城被毁,清朝统治成都后开始重新建城,大致与明代的成都城相同,只是面积稍有扩大。不同的是,因八旗官兵入驻,便在城西少城原址上专门修建了一座城。于是便有"一座城作三座城"的说法,这也就成为成都历史文化中很独特的部分。

一、少城、宽窄巷子

康熙五十七年(1718),年羹尧任四川巡抚,领命在成都大城西墙内新建一座城,专门用来安置驻防的八旗官兵和家属,被称为少城(也称满城)。今天成都人民公园也叫少城公园,就因建在原少城的东南角。

少城的修建是仿照北京胡同式样,街巷布局形如蜈蚣,"将军衙门居蜈蚣之头,大街像蜈蚣之身,各胡同分列左右,似蜈蚣之足"[1],胡同分布根据八旗编制,正黄、镶黄居北,正红、镶红居西,正白、镶白居东,正蓝、镶蓝居南,今宽巷子、窄巷子就是当年将军衙门西侧的兴仁胡同、太平胡同旧址。

少城作为大城的城中城,通过城墙将内外阻隔。在"竹枝词"中写到因修建新城强行进行隔断的情况,"右半边桥作妾观,左半边桥当郎看。筑城桥上水流下,同一桥身见面难"(杨燮《锦城竹枝词》),半边桥在陕西街后,修建少城时将桥中分,一半在少城内,一半在大城中,因此有牛郎织女之叹。又如吴好山《成都竹枝辞(三首)》,写道:

---

[1] 张莉红,张学君著,《成都通史(卷六)》第58页,四川人民出版社2011年版。

本是芙蓉城一座，蓉城以内请分明。

满城又共皇城在，三座城成一座城。

满城城在府西头，特为旗人发帑修。

仿佛营规何日起？康熙五十七年秋。

不将散处失深谋，蒙古兵丁杂满洲。

四里五分城筑就，胡同巷里息貔貅。[1]

"帑"指资金。"貔貅"借指军队。这些竹枝词反映出当时修建少城对成都城市构建造成的影响，以及市民对于城中城驻扎八旗官兵的意见。

少城选址在成都城西，这是整个成都城内各方面条件都较好的区域。当时少城禁止汉人入内，大街住满族官员，小胡同住满族士兵，少城内的事务连四川总督也无权过问。满族官兵、子弟仰仗官府供给，不用为生计发愁，便成天游手好闲。城内不设商铺，环境清幽、植物茂密。"竹枝词"中有不少作品描绘少城生活，如杨燮《锦城竹枝词》：

"满城"幽静不繁华，种树栽花各有涯。好景一年看不尽，炎天"武庙"赏荷花。

"西较场"兵旗下家，一心崇俭黜浮华。马肠零截小猪肉，难等关钱贱卖花。[2]

"关钱"指发工资。老百姓看准满族官兵喜欢花草，等到官兵领了工资就高价卖，平时想要买些零用食物，等不到官兵发工资便只好"贱卖花"。叶圣陶先生在《谈成都的树木》中写道："少城一带的树木真繁茂，说得过分些，几乎是房子藏在树丛里，不是树木栽在各家的院子里。山茶、玉兰、碧桃、海棠，各

---

[1]《成都竹枝词》第 67 页。
[2]《成都竹枝词》第 41 页。

种花显出各种的光彩，成片成片深绿和浅绿的树叶子组合成锦绣。少陵诗道：
'东望少城花满烟，百花高楼更可怜'，少陵当时所见与现在差不多吧。"[1] 杜甫
看到的是唐代的少城，叶圣陶看到是民国时的少城，虽地理位置无差，也都花
树繁密，但毕竟时过境迁，这"差不多"或许还是差得有点远。

到 1913 年，四川地方政府下令拆除少城城墙，少城才与大城合为一体。现
在从城市地图上，我们还可以清晰辨认出少城的范围，看到生动形象的"蜈蚣"
造型，如今在此建起了高楼大厦，人们也开始在此生活，城市现代化进程中赋
予了昔日少城新的活力与新的形象。唯有宽巷子、窄巷子还保留着一些少城余
韵，这余韵也不过是指街巷构造和房屋特色，还保有一些清朝街道的风味。至
于巷子里的人物和生活，则早已是今日模样。我们从几位著名诗人的作品中，
来感受一宽一窄之间的诗意。

1. 翟永明

宽窄韵 [2]（节选）

鹧鸪天，凄凉犯

用姜白石韵，写宽窄巷子

群楼之间找不到

菊花梅花的高矮视线

高又或是矮

都未曾随秋风改变

坐在白夜庭院深深，

有几只鹭鸶飞不太高

想当年的翩翩年少

已蜷缩如老莲

现在没齿难忘。

---

[1] 唐婷主编，《成都何在》第 115 页，成都时代出版社 2020 年版。
[2] 翟永明著，《行间距：诗集 2008—2012》，重庆大学出版社 2013 年版。

2. 车延高

爱你身后的一段书香 [1] （节选）

因为你在那里喝茶，我的眼睛

迷上了宽巷子和窄巷子

就像一个画家迷上了你的左眼和右眼

茶香包围堂会，你用微笑包围我

咱们一同入戏

一声一声称你既夫人

我知道这个名字流行于前世，唤醒过

小街和驳岸

那是早晨，没有雾，你比现在生动

习惯在石板路上走

我在你的右边，是另一对脚印

那会儿我穷，一个迂腐的书生

不认识流长飞短

提着没有绯闻的灵魂，在梦外游荡

你家院墙高，相府门第，青灯彻夜

可我就爱你身后的一段书香。

3. 梁平

宽窄巷子 [2]

宽巷子不宽，

满蒙的马蹄销声匿迹，

没有一种遥想可以回到从前。

[1] 车延高著，《延高自选集》，长江文艺出版社 2011 年版。

[2] 梁平主编，《满城繁华的诗歌荣光》第 89 页，四川人民出版社 2018 年版。

游人如织，人满不为患，
那些闲情逸致，接踵而至。
闲的奢侈在，老墙根下，
一朵无名小花，孤独而任性。
我坐在小木凳上，闭上眼，
任凭挖耳师傅的摆弄，
满世界的嘈杂就这样被掏出来了，
耳根清净。
宽巷子天天密不透风，
眼花缭乱的任何一个动静，
都是风景。

窄巷子不窄，
装得下天南地北的方言，
留得住行色匆匆的脚步，慢下来。
我的黄皮肤白皮肤黑皮肤的兄弟，
我的蓝眼睛、灰褐色眼睛的姊妹，
擦肩而过就能合上节拍。
下午茶可以泡软阳光，
啤酒可以点燃黑夜，
伸手摘一颗天上的星星，
这里就是浩瀚的星河。
我在涅瓦河畔坐守过的白夜，
复制在这个巷子里多年了，
有一个叫诗歌的美女，
风韵犹存。

就像诗中所写的，"宽巷子不宽""窄巷子不窄"，宽窄巷子容纳着天南海北，在宽窄之间沉淀历史、迎接发展，宽窄巷子不仅是昔日满城的一处缩影，也逐渐在宽窄之间形成一种独特的生活智慧与处世哲学。在宽窄巷子居住过的名人甚多，诸如张采芹、裴铁侠、张圣奘、周济民等。今日的宽窄巷子树木成荫，其建筑仍以青砖黛瓦的仿古四合院落为主，也有少量现代建筑，是现存的较成规模的清朝古街道。宽窄巷子里还有各类格调高雅和装修别致的书吧、小馆、商铺等，整条街道打造得别具风味。昔日满城"静不繁华"，今日宽窄"繁华不静"，是各有千秋。

二、青羊宫、杜甫草堂、武侯祠

1. 青羊宫

出通惠门往西，有座道教的古观，传说称"青羊肆"，据说老子当年骑着青牛，过函谷关（今河南省三门峡市境内），为关令尹喜讲《道德经》，只讲到一半，对尹喜说，千日之后，你参悟到这些道理，就到成都青羊肆来找我。果然在千日后，尹喜到青羊肆拜访老子，继续向他请教《道德经》。也有说法是太清仙人命青帝之童，化羊于蜀国，于是称"青羊"。这些虽是传说，但反映出青羊宫在道教传教系统中的重要地位。唐朝时青羊宫本名"玄中观"，后来到唐僖宗入蜀，曾在观内暂住，便下诏改名为青羊宫。此名就一直沿用至今。

青羊宫有"川西第一道观"之称，唐代青羊宫规模宏伟，占地150亩，明末大部分殿宇毁于战火。明人陈子陛作《青羊宫》诗，诗中写道：

> 仙宇净无尘，烟霞五色新。
> 苍龙窥户下，玄鸟绕阶驯。
> 瑶阙昆丘顶，琼田弱水滨。
> 碧桃长不谢，占断锦江春。[1]

---

[1] 周啸天编撰，《历代名人咏四川》第101页，四川人民出版社2019年版。

从诗中尚且还能看到当时青羊宫的规模。"苍龙""玄鸟"都是道教传说中神兽灵鸟，"瑶阙"指仙宫。"昆丘"指昆仑山。"琼田"指传说中能生灵草的田。"弱水"，据《山海经》记载："昆仑之北有水，其力不能胜芥，故名弱水。"诗人将在浣花溪畔的青羊宫，比作昆仑山上的仙宫，将青羊宫一带比作弱水旁的"琼田"[1]，以此形容青羊宫仙风道韵的浓厚。碧桃颜色鲜艳，春季开花，当时在锦江两岸应有种植。康熙六年（1667）重修青羊宫，占地约300亩，前后费时18年，成为西南最为著名的道观之一。之后历代都有维修，目前青羊宫的主体建筑大多是清朝时期所建，仅斗姆殿为明代建筑。1984年，由青羊宫张元和道长主持，与巴蜀书社联合重印《道藏辑要》，致使中国唯一幸存下来的清代刻版《道藏辑要》重新印刷行世，这于道教发展以及我国印刷史而言都是功德无量的幸事。在三清殿外的两只铜羊为青羊宫的象征，一尊独角青羊是雍正元年清代宰相张鹏翮所赠，另一尊是道光年间道教信徒所赠。为对文物加以保护，目前三清殿外放置的是仿制铜羊，供信众抚摸。

清人张问陶在《青羊宫》（节选）中写道：

> 石坛风乱礼寒星，仿佛云车槛外停。
>
> 常为吾家神故物，铜羊一角瘦通灵。[2]

张问陶在自注中说，此铜羊本是张鹏翮捐赠的，从北京买来赠送给青羊宫。又如在民国十二年（1933），刘师亮在《成都青羊宫花市竹枝词》中写道：

---

[1] "琼田"，一是指传说中能生灵草的田。《十洲记·祖洲》记载，"鬼谷先生云：'此草是东海祖洲上，有不死之草，生琼田中，或名为养神芝。其叶似菰，苗丛生，一株可活一人。'"二是指传说中种玉之田。宋代朱熹《公济惠山蔬四种并以佳篇来贶因次其韵·芹》："琼田何日种，玉本一时生。"三是形容莹洁如玉的江湖、田野。南朝陈张正见《咏雪应衡阳王教诗》："九冬飘远雪，六出表丰年。睢阳生玉树，云梦起琼田。"宋欧阳修《沧浪亭》诗："风高月白最宜夜，一片莹净铺琼田。"
[2] 周啸天编撰，《历代名人咏四川》第101页，四川人民出版社2019年版。

> 闻说铜羊独出奇，摸能治病祛巫医。
>
> 求男更有新方法，热手摸它冷肚皮。
>
> 去年腊月嫁金夫，正月然何胎尚无。
>
> 羊子有灵通感应，今冬带个躲都都。[1]

词中说百姓相信摸铜羊祛百病的传说，身体哪里痛就摸铜羊的相应部位，求子的妇人便摸羊肚子。如今，这样的风俗依然流传，人们来到青羊宫也会摸摸铜羊，求报健康平安，以致铜羊越摸越亮。

青羊宫作为道教名观，除精研教义、举办各类道教活动仪式外，也举办很多社会性的活动。如从唐宋时期开始，每年二月在青羊宫一带有"花市"，农历二月十五这天在青羊宫举行"花朝节"，祭奠百花之神，这一天也是道教祖师老子的诞辰，因此也成为青羊宫传统的庙会日。清代词人定晋岩樵叟作《成都竹枝词》，云：

> "青羊宫"里仲春时，赶会人多密似蚁。
>
> 一自当年闹会后，而今冷淡不堪思。[2]

前两句写出青羊宫春季举办花会时游人熙熙攘攘的情形。后两句则写花会之后平日里青羊宫的冷清。花会这天人们逛花市、赏百花、祈福祝祷，"青羊小市卖花天，何惜缠腰十万钱"，从侧面反映出当时集市的热闹。又如："青羊宫接二仙庵，花满芳塍水满潭。一路纸鸢飞不断，年年赛会在城南"（冯家吉《锦城竹枝词百咏》），"看花先到二仙庵，买得名花莫担担。喊架包车拖起去，载将春色过城南"（刘师亮《成都青羊宫花市竹枝词》），"仲春十六会期时，货积如山色色宜。去向二仙庵里看，令人爱煞好花枝"（吴好山《成都竹枝辞》）等。

青羊宫环境清幽、花木繁茂，不少道教名师在此住持修行，也吸引了众多

---

[1]《成都竹枝词》第 90 页。

[2]《成都竹枝词》第 55 页。

信徒和文人前来。南宋大诗人陆游在四川做官期间，就对青羊宫颇有好感，其《青羊宫小饮赠道士》云：

> 青羊道士竹为家，也种玄都观里花。
>
> 微雨晴时看鹤舞，小窗幽处听蜂衙。
>
> 药炉宿火荧荧暖，醉袖迎风猎猎斜。
>
> 老我一官真漫浪，会来分子淡生涯。[1]

青羊宫的道士好种花、竹，与文人墨客的雅好正不谋而合。陆游写微雨初晴时在青羊宫看仙鹤翩跹，于静谧的窗边听蜜蜂飞舞，是一番多么恬淡舒适的心情。温火熬药、醉迎清风，陆游与道士朋友小酌，倾诉着内心的想法，如今已接近垂暮之年，意志抱负都已消退，只愿随性为官与道士朋友们谈经论道，也看淡生涯。青羊宫在成都城市发展中的重要意义，不仅在于在青羊宫附近有最热闹的花市，又在此基础上形成了成都民俗的青羊宫花会，还在于这是城市道教文化的实际载体和传播中心，也是构成这座城市思想文化不可或缺的部分。

2. 杜甫草堂

在青羊宫旁便是诗圣杜甫曾暂住之地。当年杜甫避乱来到成都，在好友严武的资助下，于浣花溪畔搭建了一椽草屋，这便是动荡时代这位大诗人的避风港。杜甫在草堂居住的时间前后约有 4 年，在严武去世后，杜甫便举家离开成都，草堂随之被毁。到五代前蜀时期，韦庄在原址上重修茅屋，才使得杜甫草堂存留下来。不过，在明末动乱中毁于兵火。清代再次进行重修。1955 年，成立杜甫纪念馆。1984 年，更名为杜甫草堂博物馆。到 1997 年，又借鉴川西民居的特点重建了草堂。如今草堂占地面积近 300 亩，整座园林古朴典雅、清幽

---

[1]《剑南诗稿校注》第 723 页。

秀丽。每年农历正月初七，人们会在此举行"草堂人日"[1]活动，并以此来草堂吟诗凭吊、赏梅祈福。清人何绍基即有"锦水春风公占却，草堂人日我归来"这副名联。

"万里桥西一草堂，百花潭水即沧浪"是杜甫笔下的草堂，在草堂的生活片段则是：

八月秋高风怒号，卷我屋上三重茅。茅飞渡江洒江郊，高者挂罥长林梢，下者飘转沉塘坳。南村群童欺我老无力，忍能对面为盗贼。公然抱茅入竹去，唇焦口燥呼不得，归来倚杖自叹息。

俄顷风定云墨色，秋天漠漠向昏黑。布衾多年冷似铁，娇儿恶卧踏里裂。床头屋漏无干处，雨脚如麻未断绝。自经丧乱少睡眠，长夜沾湿何由彻！

安得广厦千万间，大庇天下寒士俱欢颜！风雨不动安如山。呜呼！何时眼前突兀见此屋，吾庐独破受冻死亦足！

（杜甫《茅屋为秋风所破歌》）

这是大家耳熟能详的名篇，诗中写八月时节，大风卷起屋上的茅草。更悲惨的是，孩子们当着杜甫的面偷茅草，而他却唇干口燥发不出声音，只得眼睁睁地看着茅草被偷。农历八月气温骤降，又风雨交加，家中盖了多年的布被冰冷如铁，杜甫的儿子嫌被子不暖，赌气踢裂了。家中还随处都在漏雨，床头被打湿，雨还是密密匝匝地下着，正是"屋漏偏逢连夜雨"。这样的境况下，诗人长夜无眠，所有郁结的愤懑都凝结在那一句，"安得广厦千万间，大庇天下寒

---

[1] "草堂人日"源于杜甫与高适的诗歌唱和。二人先后入蜀，彼此照应（详见前文），高适曾作《人日寄杜二拾遗》赠杜甫，杜甫在高适离世后才偶然发现这首诗，便写下《追酬故高蜀州人日见寄》寄托哀思。后来，人们便在人日这天到草堂赋诗，以示纪念。

士俱欢颜！风雨不动安如山。"现实生活的风雨让诗人想到当时的社会，风雨正如当时动荡的社会，茅草则好比身处乱世的人。或挂树梢，或沉塘坳都是乱世中人们的遭际。在这乱世中诗人无法实现"致君尧舜上"的宏愿，只能在成都这间草屋中暂避，极度贫寒困顿，前途渺茫，不正如屋漏偏逢夜雨吗？在自身深陷窘境时，杜甫这份兼济天下的情怀，尽显沉郁顿挫之风，也让我们深刻感受到诗圣的大悲哀。

茅屋草舍自然比不过钟鸣鼎食，但杜甫在草堂的生活并非都是如此凄惨。广德二年（764）春，杜甫在从阆州返回成都的途中作诗云：

> 得归茅屋赴成都，直为文翁再剖符。但使闾阎还揖让，敢论松竹久荒芜。鱼知丙穴由来美，酒忆郫筒不用酤。五马旧曾谙小径，几回书札待潜夫。[1]

（《将赴成都草堂途中有作，先寄严郑公》其一）

严郑公即严武，严武在广德二年初再次入蜀，任成都尹、剑南节度使。杜甫以西汉时文翁比严武，"剖符"是指将符节剖分为二，君臣各执一半，作为信守的约证。此句是指严武受朝廷重托回到成都，率兵西征，征讨吐蕃。"闾阎"原指古代里巷内外的门，后泛指老百姓。"揖让"，礼让。"但使"两句是指严武诚意邀请杜甫为官，杜甫只得以百姓为由推辞礼让，哪敢再谈松竹鱼鸟、以隐逸志趣来推却。"鱼知丙穴"出自《蜀都赋》"嘉鱼出于丙穴"，指鱼从石穴中出，味道极其肥美。此诗杜甫写于返成都途中，故指邛州（邛崃）丙穴。"酒忆郫筒"是指郫县的郫筒酒。"酤"指买酒。"五马"，按古代礼制，朝中重臣出任地方太守，车乘五马。"谙"，熟悉。"潜夫"指隐士，这里是杜甫自称。草堂终究是杜甫回到成都的寄居之处，严武曾经带着酒肉来拜访，杜甫也曾在此约朋友相聚：

---

[1]《杜诗详注》第 1337 页。

处处清江带白蘋，故园犹得见残春。

雪山斥候无兵马，锦里逢迎有主人。

休怪儿童延俗客，不教鹅鸭恼比邻。

习池未觉风流尽，况复荆州赏更新。[1]

（杜甫《将赴成都草堂途中有作，先寄严郑公》其二）

上四句写出在草堂安定生活之乐，"逢迎有主人"句赞美严武治理有方；下四句写邻里之间和睦相处的情形，是等待严公光临寒舍。"习池"比草堂，"荆州"比严公。又如，杜甫写自己再次回到成都草堂见到严武时的欣喜：

入门四松在，步屧万竹疏。

旧犬喜我归，低徊入衣裾。

邻里喜我归，沽酒携胡芦。

大官喜我来，遣骑问所须。

城郭喜我来，宾客临村墟。[2]

（《草堂》）

虽然时世艰难，诸多不易，但成都草屋终是风雨飘摇中最后的寄托。宋代黄庭坚曾来到草堂，遥想杜甫在此度过的时光，写道："老妻稚子且眼前，弟妹飘零不相见。此公乐易真可人，园翁溪友肯卜邻。邻家有酒邀皆去，得意鱼鸟来相亲。浣花酒船散车骑，野墙无主看桃李。宗文守家宗武扶，落日蹇驴驮醉起。"[3]（《老杜浣花溪图引》）

杜甫在成都草堂居住期间，写下不少以社会历史为背景的以忧国忧民为

---

[1]《杜诗详注》第 1338 页。

[2]《杜诗详注》第 1348 页。

[3][宋]黄庭坚著，[宋]任渊、史容、史季温注，《山谷诗集注》第 1010 页，上海古籍出版社 2003 年版。

内容的作品，也创作了不少描绘成都风物、抒发内心情怀的作品，这些诗反映出那个时代的独有特征，刻画着当时成都的风物人情，更昭显诗人极高的诗歌艺术成就。因此，后世祭奠诗圣、品味诗歌都会来到杜甫草堂。诗人雍陶写道："浣花溪里花多处，为忆先生在蜀时。万古只应留旧宅，千金无复换新诗。沙崩水槛鸥飞尽，树压村桥马过迟。山月不知人事变，夜来江上与谁期。"[1]（《经杜甫旧宅》）雍陶是晚唐时成都人，当他踱步到浣花溪畔，想起大诗人杜甫曾在此暂住，一边可惜草屋没有留下来，一边庆幸还好有杜诗可资参照。通过雍陶的描绘，草屋原址已是荒废败落的景象，水边沙堤崩塌，水鸥也都飞走了，大树倒下来压着通往村里的桥，吓得马不敢经过。真是"山月不知人事变，夜来江上与谁期"，人事变故不可逆转，只有山月依旧。宋徽宗时期双流人宋京的《草堂》写宋代草堂模样则是：

> 君不见少陵草堂背西郭，浣花溪水流堂脚。竹寒沙白自凄凉，莫问四松霜草薄。入门好在乌皮几，公去不归换邻里。西岭千秋雪未消，舍北泥融飞燕子。祇今桤木平桥路，笼竹和烟杂江雾。野僧作屋号草堂，不是柴门旧时处。诗坛今古谁能将，艳艳文章光万丈。安得英才擅品量，当使公居摩诘上。[2]

"堂脚"指房屋基脚。"四松"是杜甫当年亲手所植，杜甫作有《四松》诗。"乌皮几"是指黑漆的矮桌。"西岭"句化用杜诗"窗含西岭千秋雪"，指杜诗所描绘的景象依旧不变。"舍北"句化用杜诗"云生舍北泥"，泥融飞燕指今非昔比。接着便写诗人所见，"桤木"又称水冬瓜树，江雾迷茫，路、桥又隐藏在树木和竹林丛中。"野僧"两句写当时成都有和尚修草堂寺，但并不是杜甫原来的草屋。最末四句，宋京赞叹诗圣的诗歌成就古今无人能媲美，认为应居王维之上。

---

[1]《全唐诗》第 5915 页。

[2] 刘新生选注，《历代咏草堂诗选》第 21 页，四川文艺出版社 1997 年版。

　　从杜甫自己笔下所写的草堂，到晚唐雍陶所见的草堂旧址，再到北宋宋徽宗时期宋京提及的草堂寺，草堂的变迁依次展现在后世读者的眼前。到近代，著名学者陈寅恪曾到草堂拜访，作《甲申春日谒杜工部祠》，诗中说："少陵祠宇未全倾，流落能来奠此觞。一树枯楠吹欲倒，千竿恶竹斩还生。人心已渐忘离乱，天意真难见太平。归倚小车浑似醉，暮鸦哀角满江城。"[1] 1943 年岁末，陈寅恪先生带着一家来到成都，在当时成都燕京大学任教。先生在成都前后总共待了一年零九个月，先是暂居离少城公园很近的一处民房，后搬到华西大学的广益宿舍。此诗写于 1944 年春，诗中写到能在乱离之时到草堂祭奠也算得到了慰藉。当时的草堂只是"未全倾"，从枯楠、恶竹即见破败景象，陈寅恪先生也因避乱暂居成都，这与当年杜甫的经历类似。因此，在回家的小车中，似醉非醉间想起杜诗《暮归》中提到的"城上击柝复乌啼"，正应当前之景。杜甫草堂不仅代表着杜甫极高的诗歌成就，更传递着杜甫的人生哲学和思想观念，这是诗圣杜甫留给成都城市文化最宝贵的礼物。

　　3. 武侯祠

　　在杜甫草堂东南方向不远处便是武侯祠。当年杜甫笔下，"丞相祠堂何处寻？锦官城外柏森森"（《蜀相》），武侯祠还尚在城外，掩映在茂密的柏树丛中，正是柏树环绕，密林三匝的景象。如今，武侯祠一带早已是成都繁华热闹的商业街。

　　"武侯"即诸葛亮，"三顾频烦天下计，两朝开济老臣心。出师未捷身先死，长使英雄泪满襟"（《蜀相》），杜甫称赞诸葛亮的忠义，也形象地刻画了诸葛亮奉献的一生。诸葛亮在成都期间，"营南北郊于成都"，北郊扩建蜀宫、修九里堤，南郊建惠陵和原庙。蜀汉宫城很可能建在武担山南，其规模按照汉制皇宫的标准，临山瞰江，重门次第，气宇轩昂，与成都南面固有的大城、少城连为一体。九里堤即今金牛区洞子口的九里堤，最初由秦太守李冰所建，诸葛亮在此基础上重建。诸葛亮坐镇成都，一面奉刘备之命经营南北之郊；一面选贤任

---

[1] 陈寅恪著，《陈寅恪集·诗集》第 36 页，生活、读书、新知三联书店 2001 年版。

能，处理日常事务。在任用人才上，谯周就是诸葛亮推举出来的。诸葛亮将成都作为"兴复汉室，还于旧都"的大后方，在刘禅即位后，军政大小事务多出自这位丞相之手，发展生产、休养生息，恢复察举制度，恢复与东吴的外交关系等，《前出师表》即说："受命以来，夙夜忧叹，恐托付不效，以伤先帝之明，故五月渡泸，深入不毛。今南方已定，兵甲已足，当奖率三军，北定中原，庶竭驽钝，攘除奸凶，兴复汉室，还于旧都。此臣所以报先帝而忠陛下之职分也。"刘禅在位期间，诸葛亮曾前后五次出兵北伐，虽只是局部胜利，但其报效先主、忠于后主的丹心为古今传颂。诗人们作诗写道：

> 古柏祠堂接戍楼，将军空忆武乡侯。
> 曾将蜀马驱胡马，更见牦牛走木牛。
> 八阵云烟千古恨，三边烽火万家愁。
> 归来羽扇吟梁父，一曲清风江水流。

（尹昌衡《感怀》）[1]

"木牛"指诸葛亮在北伐期间，为方便运输粮食发明的木牛流马。"八阵图"是诸葛亮推演兵法而发明的一种阵法。"梁父"指《梁甫吟》，是一首乐府歌辞，是讲齐景公用国相晏婴之谋，以二桃杀三士的故事。相传诸葛亮喜吟《梁甫吟》。"清风"句是指诸葛亮高风亮节，为世人景仰。

清代诗人李调元凭吊武侯时也写道：

> 名士风流去不回，凋零羽扇使人哀。
> 伤时莫更吟梁父，如此江山少霸才。

（《游武乡侯祠》）[2]

---

[1]《历代诗人咏成都》第 81 页。
[2]《历代诗人咏成都》第 100 页。

正如诗人笔下所写，诸葛武侯这般人物世间少有，他"上知天文、下知地理"，他羽扇纶巾、坐而论道，是智者的代表，也是忠义的化身。为纪念这位了不起的人物，后世便修建了武侯祠[1]。

武侯祠约建于东晋时期，最初位置在成都城西。在距蜀汉灭亡四五十年后，由当时在成都称王的李雄主持修建。后来桓温伐蜀，很多建筑毁于一时，但武侯祠保留了下来。今武侯祠处原是刘备惠陵和汉昭烈庙所在地，武侯祠是何时由城西迁往南郊惠陵的？因资料缺乏，具体时间不得而知，大致应在南北朝时期[2]。武侯祠迁到惠陵、汉昭烈庙旁，原因有两层，一层是刘备待诸葛亮以礼，三顾茅庐求英才；二层是诸葛亮事刘备以忠，"两朝开济老臣心"，迁址一处昭示着儒家"君臣一体"的思想观念。至宋代，这种"以臣伴君"的观念加深，宋人又在惠陵左右修建了关侯祠、张飞祠[3]。明代洪武年间，明蜀献王下令整修武侯祠，史载："先主庙，在府城南二里，旧在惠陵右，附诸葛亮庙，本朝洪武初，合庙祀之。"[4]此次合庙，将诸葛亮塑像搬至刘备塑像东边，关、张塑像搬至刘备塑像西边。惠陵、汉昭烈庙、武侯祠三者合一，于是才有了广义的"武侯祠"，这是我国唯一君臣合祀的祠堂。清代，武侯祠几经修复调整，主要是人物塑像的增添废置、殿宇的增修扩建等。但无论如何修整，武侯祠的君臣合祀始终不变，这代表着"君臣一体"的观念历代政权都是要宣扬的。

武侯祠祭祀的是蜀汉最主要的人物，人们修复它、拜祭它，都潜移默化地接受着关于儒家思想中君臣忠义、兄弟情谊等传统观念的濡染。一直以来，作

[1] 此武侯祠指专门祭祀诸葛亮的祠堂，不同于如今将惠陵等与诸葛亮祠堂统称的广义的"武侯祠"。

[2] 据罗开玉先生考证，齐高帝（479—482）在位期间，曾组织修复惠陵，此时并没有提到武侯祠。则至少在公元482年之前并没有迁址。到杜甫写"锦官城外柏森森"，武侯祠已经迁址一段时间了。所以，只能大致猜测在南北朝时期（罗开玉，《三国圣地　明良千古——成都武侯祠1780年回首》第54页）。

[3] 据《太平寰宇记》卷七十二载："关侯祠、张飞祠俱在府西南七里惠陵左右，宋庐陵立。"（《文渊阁四库全书》本）

[4] 据明正德《四川总志》卷三《祠庙·先主庙》。罗开玉先生认为，明蜀献王在洪武二十三年入蜀为藩王，记载中洪武初不确切，应是洪武二十三年至二十四年间合庙（罗开玉，《三国圣地　明良千古——成都武侯祠1780年回首》第59页）。

为三国文化遗迹，武侯祠吸引着大批中外游客前往参观，是传播三国文化最具影响力的中心之一。如今，成都三国创意园着力打造文化之旅，徜徉在武侯祠与毗邻的锦里古街，听古街上叫卖着张飞牛肉，看四川茶馆上演着川剧变脸，吃着最热辣鲜香的火锅，住在以三国文化为主题的京川宾馆，这些是成都为中外游客打造的沉浸式、全方位的三国文化体验。武侯祠、惠陵、汉昭烈庙凝结着深厚的三国文化，是成都建设世界文化名城的历史文化基础。

三、惠陵、永陵、明蜀王陵

成都拥有深厚的城市史，若从张仪、张若筑城算起，则已有 2300 年。秦一统天下之后，成都逐次成为不同时期地方割据势力的政治经济文化中心，先后有蜀汉、成汉、前蜀、后蜀、大西五个政权。除这些割据势力外，明代在成都分封藩王，从第一代蜀王朱椿（朱元璋第十一子）到最后一代蜀王，共传有十五代。地方割据势力与藩王统治成都期间，在城市建设以及城市文化发展等多个方面颇有建树，这些都是成都城市发展史的重要组成部分。即如留存至今的王陵，凝固着那段风云变幻的历史，埋藏着那些挥斥方遒的人物，也记录下流行一时的艺术追求，是后世回溯往昔、了解成都历史不应错过的宝贵材料。在成都市内有数座向市民开放的王陵，如惠陵、永陵、明蜀王陵，它们分别是蜀汉先主刘备墓、前蜀王建墓、明僖王墓（明蜀王陵）、明昭王墓（明蜀王陵）。正是"'子龙塘'配'关张庙'，松柏'惠陵''丞相祠'。妇女亦谈分鼎事，多从曲部与传奇"（杨燮《锦城竹枝词》）。今天看到惠陵、武侯祠，人们就不禁会想起当年魏、蜀、吴三国鼎立的情景，这座座王陵勾起我们久远的记忆，这唯独属于这座城市的记忆。

1. 惠陵

东汉末年，我国历史上先后建立了魏、蜀、吴三国。以刘备为首的蜀汉政权建立在成都。建安十四年（209），刘备为荆州牧，想要占领益州（成都）。建安十九年（214），刘备、诸葛亮、张飞、赵云等合围成都，刘璋降。建安二十六年（221），刘备在成都武担山南即皇帝位，国号汉，建都成都，改年号章武。命诸葛亮为丞相，许靖为司徒，张飞为车骑将军兼司隶校尉，建置百官，立宗庙，从此成都便开始了将近50年（从214年刘璋降至263年蜀汉亡国）的蜀汉统治时期。

章武二年十月，刘备诏诸葛亮"营南北郊于成都"，其中南郊工程就是诸葛亮亲自主持修建的惠陵与原庙，选址就在今武侯祠处。章武三年四月，刘备在永安宫病逝，弥留之际托孤于诸葛亮，命尚书令李严辅助。五月，灵柩自永安还成都，谥"昭烈皇帝"，八月葬于惠陵。从章武元年即位到章武三年病逝，刘备在成都治理朝政的时间很少，蜀汉政权建立之后，刘备主要在外带兵出征，实际处理蜀汉各项事务的是诸葛亮。

惠陵是刘备的寿陵，由丞相诸葛亮亲自主持修建，从选址、规划、设计、监工到最后验收都是诸葛亮亲力亲为。按汉代惯例，寿陵有一定的规制[1]，如总面积占地7顷（其中陵墓1顷），陵深13丈（约43米），堂坛高3丈（约10米），陵高12丈（约40米），等等。且帝陵应在都城附近。惠陵在蜀汉宫城（今北较场至八宝街一带）正南，与刘备即位的武担山正好在南北贯通线上。蜀地自古以来以南方为尊，选址南郊又遍种松柏，含有为蜀汉政权祈福之意。同时，修建帝陵即要在陵旁建庙，便一同修建了"汉昭烈庙"。蜀汉国号汉，刘备谥曰"昭烈皇帝"，此即庙名由来。汉昭烈庙属于原庙，"原"是"再"义，指已有宗庙，修陵时复再建庙，故称为"原庙"。刘备即位时"立宗庙，祭高皇帝以下"，确实先有宗庙，故汉昭烈庙为原庙。

如今，人们到武侯祠游览，很多人会想当然地认为这只是祭奠诸葛亮的祠堂，殊不知武侯祠中还有惠陵与汉昭烈庙。这是我国唯一君臣合祀的祠堂，如此独特的安排就是为了提醒人们想到刘备与诸葛亮之间的忠义。盛唐诗人岑参在成都做官期间，来到武侯祠，其《先主武侯庙》诗云：

---

[1] 罗开玉，谢辉著，《成都通史（卷二）》，引汉代卫宏《汉旧仪》文，第92页，四川人民出版社2011年版。

> 先主与武侯，相逢云雷际。
>
> 感通君臣分，义激鱼水契。
>
> 遗庙空萧然，英灵贯千岁。[1]

　　"鱼水契"典故出自《三国志·诸葛亮传》，先主刘备说："孤之有孔明，犹鱼之有水也"，称有诸葛亮在身边，自己则如鱼得水。以此形容二人深厚的情感。魏晋时武侯庙迁到惠陵旁，并未合庙，直到明代才将武侯庙并入汉昭烈庙。因此，岑参看到的是汉昭烈庙、武侯庙相邻，与今日不同。杜甫当年说"丞相祠堂何处寻，锦官城外柏森森"，岑参说"遗庙空萧然"，看来唐代先主武侯庙并没有得到充分关注，但庙中祭祀的人物精神长存。之后著名诗人刘禹锡贬官入蜀，拜谒先主庙，作《蜀先主庙》诗云：

> 天地英雄气，千秋尚凛然。
>
> 势分三足鼎，业复五铢钱。
>
> 得相能开国，生儿不象贤。
>
> 凄凉蜀故妓，来舞魏宫前。[2]

　　"三足鼎"是国家和权力的象征。三国时，魏、蜀、吴三分天下，成鼎足之势。"五铢钱"是我国汉代铜币，最初铸于汉武帝元狩五年（前118），钱上刻篆体"五铢"二字。刘禹锡用此代指汉朝。这两句诗是说刘备与孙权、曹操三分天下，在于匡扶汉室。"得相"，指诸葛亮。"生儿"指刘禅。"象贤"指继承祖业。最末，以蜀国宫中的歌妓在魏国宫城里起舞，感叹最终先主刘备还是错失了天下。不过"天地英雄气，千秋尚凛然"，先主、武侯的君臣忠义，是人们来到武侯庙便自然想起并能深切体会到的。及至清代，汉昭烈庙与武侯庙

---

[1]《全唐诗》第2043页。
[2]《全唐诗》第4016页。

已经合庙，也就是今天广义的"武侯祠"。遂宁人张问陶作《惠陵》，写道：

> 偏安王业苦经营，豪杰都从乱世生。
> 直与皇天争败局，恨无余地出奇兵。
> 笙箫呜咽刘郎浦，旌旆苍凉白帝城。
> 两汉存亡关一死，荒陵愁绝杜鹃声。[1]

前两联是写刘备匡扶汉室的不易。"刘郎浦"位于湖北石首市城北长江北岸，因刘备曾在此屯兵纳婚而得名，《三国演义》中"赔了夫人又折兵"的故事就发生在此。"旌旆"指旗帜，此句指刘备病逝白帝城。刘备本是西汉中山靖王之后，以匡扶汉室为终极追求，而这一病逝则使他恢复汉家天下的希望变得十分渺茫。魏、蜀、吴三足鼎立的结局，人人皆知。在诗人面前的便是这城外荒凉的陵墓，诗人仿佛听到蜀王杜宇化为杜鹃和那一声声愁绝的叫声。也许这就是先主刘备不能实现匡扶之志的遗憾与绝望。

如今，武侯祠绿树成荫，清人定晋岩樵叟写道："花到成都各样全，'惠陵'松柏老风烟。"惠陵中曾有株古柏树，晚唐诗人雍陶作《武侯庙古柏》亦云："密叶四时同一色，高枝千岁对孤峰。此中疑有精灵在，为见盘根似卧龙。"[2] 当年诸葛亮领命修建惠陵，在陵墓周围遍种松柏，到唐朝便长成了"柏森森"的一片，后来明末动乱毁于兵火。清康熙年间主持重建武侯祠，补种柏树。乾隆、道光年间都有补种，今日所见的古柏多是清代所种。古柏森森，千秋凛然，自是"能攻心则反侧自消，自古知兵非好战；不审势即宽严皆误，后来治蜀要深思"，道出了武侯祠所隐含的深刻的文化意义。

2. 永陵

从惠陵一路向北，在今成都金牛区还有另外一座王陵——永陵，这是前蜀

---

[1]［清］张问陶撰，《船山诗草》第 171 页，中华书局 1986 年版。
[2]《全唐诗》第 5924 页。

开国皇帝王建的陵墓，也是目前我国唯一的地上王陵。1990年，成都王建墓博物馆成立，之后成都王建墓博物馆更名为成都永陵博物馆，一直沿用至今。

据永陵博物馆官网资料介绍，永陵陵冢呈半球形，直径约80米，高约15米。陵冢边缘有9层保顶（地下4层，地上5层）。永陵地宫为纵列式券拱顶砖石结构（内石外砖），平面布局分前、中、后三室，全长23.4米，最宽处6.1米，最高处6.4米，三室之间以木门作间隔，中室设棺床，上置棺椁，后室安放王建石刻真容像。地宫前面一段券拱建筑，系20世纪50年代为保护地宫而增修。永陵造型实在奇特，半球形造型和足足9层保顶都堪称一绝，在陵墓后室放置墓主真容塑像也是极为少见。南宋大诗人陆游当年也来到王建墓，其笔下的陵墓则是：

> 陵阙凄凉俯旧邦，恨流衮衮似江长。
>
> 穿残已叹金凫尽，缺落空余石马双。
>
> 攫饭饥乌占寺鼓，避人飞鼠上经幢。
>
> 阿和乳臭崇韬毫，堪笑昏童束手降。[1]

诗前有诗名，也是诗序："后陵永庆院在大西门外不及一里，盖王建墓也。有二石幢，犹当时物。又有太后墓，琢石为人马，甚伟。"原陵园内有"永宁佛宫"，宋徽宗时赐名"永庆院"。今在旧址上复修永庆殿，仿唐全木穿斗结构。南宋时陆游所见的王建墓，尚有石幢，还有太后墓，今均未见。北宋年间，永庆院已是破败不堪。梅尧臣在《过永庆院》中写道："荒凉旧兰若，古屋两三重。庭下已无柏，涧边唯有松。石阶生薜荔，香座缺芙蓉。化俗似禅衲，破来缝石缝。"到陆游再见时就更是荒凉。"金凫"指金铸的凫鸟，为帝王陪葬物。时间流逝正如流水，如今只剩下这凄凉的陵墓陪伴着墓中人。陪葬的金凫也已散尽，唯有那残缺的一双石马尚存。饥饿的乌鸦停满了寺院，老鼠躲避人都窜上了经幢。"阿和"是魏王

---

[1]《剑南诗稿校注》第637页。

继岌的小名，"崇韬"指郭崇韬。这两人与前蜀的创建与失败有关。公元887年，王建出任利州（今四川广元）防御使，采纳谋士周庠的建议，夺取阆州和利州，初具实力。公元891年，王建夺取成都，受封剑南西川节度使兼成都府尹。公元903年，受封为蜀王。公元907年，王建在成都即帝位，国号大蜀。王建励精图治，招纳贤才，各项政绩卓著。公元918年，王建病故。年仅17岁的太子王衍继位。王衍只顾享乐，军国大事都交付宦官处理。公元925年，后唐庄宗李存勖命魏王李继岌（小名阿和）和枢密使郭崇韬统领全军。而当时的王衍正领着数万兵士，在前往秦州寻乐的路上。后唐军包围了成都，王衍看大势已去，于是和众臣一同抬着棺材，并且身绑荆棘，以这种耻辱的方式投降。这便是陆游诗"阿和乳臭崇韬耄，堪笑昏童束手降"的大意。

王建辛苦创建的家业就这样以屈辱的方式拱手相让了。好在永陵的恢宏与精美，尚且保留着一位地方政权头领该有的体面。在永陵博物馆藏有几件最让人叹为观止的稀世珍宝。首先，地宫中室棺床四周雕刻有"二十四伎乐"，东西两面各10人，南面4人，均为女性。其中舞者2人，演奏乐器者22人，生动逼真地记录下20种23件乐器，是研究五代石刻、古代音乐史的宝贵资料。此外，永陵随葬品中，"玉大带"入葬时系于王建腰部，是目前五代时期少有的确知为帝王使用的完整玉带；"谥宝"为别致的兔头龙身钮；"哀册"由51块玉简构成，简上所刻楷书娟秀雅丽，文字填金，这些都堪称国宝级文物。

然而物是人非，伤今吊古，近代学人林思进作《台城路·永陵》，词中写道：

> 春芜绿遍宣华苑，鹃声夜来啼苦。石马苔滋，铜仙泪滴，原庙衣冠谁举。金床问兔。岂天厌分光。顿销割据。岸谷无情，此家犹剩一抔土。坡陀封树漫觅，野烧迷坏瓦，时窜苍鼠。谁觑珠襦，偏搜漆简，那更生哀邱墓。伤今吊古，等牧火骊山，洛阳钟簴。尚想天嘉，

诏书增冢户。[1]

　　词前有林思进的自序："成都西郭掘堑，得前蜀主王建永陵，感其潜寐千载，见发一朝，徘徊过之。献吊云尔。"这座已经沉睡千年的王陵，终于在偶然之间被发现，不禁让人情感翻涌。今"宣华苑"西邻王建墓，北接永陵博物馆，是林木茂盛的城市公园。正如词中所写，穿过绿树掩映、杜鹃啼鸣的宣华苑，看石马上长满青苔、看铜铸仙人斑驳的锈迹，王建墓在这片浓密的绿意中不知沉睡了多久。如今只见棺床、谥宝，前蜀政权迅速消亡，又何曾不是天意不再垂怜。这高深的山谷又岂是无情，尚且留着这一抔土埋葬着这位王者。词的下半阕写在败瓦残石之中见到王建墓的情形。"坡陀"指山势起伏貌，王建墓为罕见的地上陵墓，呈半球型。发掘之初就是在这土坡上，在层层叠叠、茂密的树丛之中遍寻。"觑"指偷看，"谁觑"指"有谁曾偷看"；"珠襦"是古代帝、后的殓服，此指王建墓首次亮相之意。"漆简"指用漆所写的竹木简，指随葬文书。从墓外到墓内，随着越来越接近墓主，便更添哀伤。"牧火骊山"，指秦始皇葬在骊山，项羽入咸阳放火焚烧秦始皇陵的典故。"钟簴"指绘有猛兽形象的悬乐钟的格架，"洛阳钟簴"代指宗庙社稷。这两句是感慨帝王陵墓、宗庙社稷总是不能善始善终。"尚想"即回想更早时。"天嘉"为南朝陈文帝年号，陈文帝曾下诏，要求各地修复、保护前代王侯的陵墓。"冢户"指守陵人。诗人由王建墓想到古今帝王，兴衰成败最终不过是一抔黄土。就像杨慎的《临江仙》词唱道："滚滚长江东逝水，浪花淘尽英雄。是非成败转头空，青山依旧在，几度夕阳红。"太多豪杰人物都在这历史舞台上轮番登场，又黯然退场。

　　前蜀主王建六十岁才登基，他登基那年是兔年，他出生那年也是兔年。因此，才有兔头龙身钮的谥宝。向楚先生的《题蜀永陵谥宝拓片》说："何年劫火炼昆冈，谥宝镌成葬蜀王。多谢儒生伐冢者，留兹片玉殿残唐。"[2] 昆冈，《尚书》

---

[1] 林思进著，刘君惠、王文才选编，《清寂堂集》第 526 页，巴蜀书社 1989 年版。

[2]《历代诗人咏成都》第 116 页。

中有"火炎崐冈，玉石俱焚"，指昆仑山，山中多玉石。"谥宝"指帝王去世后，将其生前事迹及谥号刻在玉版上。因谥宝由玉刻成，因此便从昆冈说起。伐冢者，即发掘墓冢的人，指冯汉骥先生主持发掘永陵。诗最末云幸有考古发现的这方谥宝，以供人缅怀逝去的前蜀王朝。

3. 明蜀王陵

明蜀王陵在今成都东郊十陵镇，20 世纪 70 年代考古发现此地有十余座明代蜀王及王妃的陵墓，镇名便由此而来。"北有十三陵，南有蜀王陵"，以正觉山麓的僖王陵为代表（今成都龙泉驿青龙湖湿地公园内，成都大学对面），明蜀王陵被誉为"中国古代陵墓中最精美的地下宫殿"，恢宏的地宫、精美的雕刻是明蜀王陵胜于众多王陵之处。谈及明蜀王陵，要先对明蜀王作一介绍。明太祖朱元璋分封诸位皇子为藩王，坐镇四方。其中，将年仅 7 岁的十一皇子朱椿封为蜀王。从洪武二十三年（1390）来到成都，到永乐二十一年（1423）去世，谥号"献"。从第一代蜀王朱椿到末代蜀王朱至澍，总共有 10 世 13 位蜀王，统治成都 267 年。

蜀献王就藩成都之前，朱元璋即下令按亲王规格仿照南京皇宫形制建造蜀王府。蜀王府位于成都大城中，在武担山南面。蜀王府有三重城墙，"砖城周围五里，高三丈五尺。城下蓄水为壕。外设萧墙，周围九里，高一丈五尺"。[1] 蜀王府南面，橘星门南临金水河，以三桥九洞（每座桥桥洞各三）渡河，桥南设石狮、石表柱各二。因此，在竹枝词中用"三桥九洞石狮子"代指蜀王府。蜀王府旧址，若以萧墙为范围，则南至今东御街、西御街，北至今羊市街、玉龙街，东至今顺城街，西至东城根街，占据大城中心的大部分面积（李劼人先生考证，明代蜀王府规模很大，几乎占了当时成都城内总面积的五分之一，达 38 万平方米。北起骡马市，南至红照壁，东至西顺城街，西至东城根街，在城中心占了个大长方形地方[2]），气势宏伟、富丽堂皇。但经历明末动乱，几乎被烧

---

[1] 陈世松，李映发著，《成都通史（卷五）》第 79 页，四川人民出版社 2011 年版。
[2] 李劼人著，《李劼人说成都》第 12 页，四川文艺出版社 2001 年版。

毁殆尽。到清朝，明蜀王府便成为科举考试的场所——贡院。如今，明蜀王府的壮美，我们只能通过诗词中的记载了解一二。高僧楚山绍琦在《进谢蜀和王殿下》诗中写道："召见彤庭沐宠光，衲衣何幸近天香。琪花瑶草殊凡境，玉殿琼楼越净方。藩屏圣明齐日月，赞扬佛化固金汤。深惭林下无由报，愿祝尧年一瓣香。"[1] 蜀王府内琼楼玉宇，满庭奇花异草，美艳无比，绝非人间景致。明代学者曹学佺也写道："锦城佳丽蜀王宫，春日游看别院中。水自龙池分处碧，花从鱼血染来红。平台不到林间日，曲岸时回洞口风。尽道今年当大有，何妨行乐与人同。"（曹学佺《蜀府园中看牡丹》）蜀王府中的水分外清澈，花也别样鲜艳，树木成荫，曲径回廊，清风徐来，这便是人间行乐的最佳去处。而这天上人间般的美景，终也敌不过战火。清人眼中的蜀王府则是：

蜀王宫殿已成荒，一带修篁傍女墙。惆怅当年御沟水，蝉声犹自噪斜阳。

（葛峻起《咏明蜀王宫城》）

蜀王城上春草生，蜀王城下炊烟横。千家万家好门户，几家高过蜀王城？

（张懋畿《竹枝词》）[2]

不再壮美的蜀王府，在清人眼里"已成荒"。"修篁"指长竹。女墙伴随着密林修竹，当年的护城河水还在，只是听到这日暮中的蝉声，让人无比惆怅。蜀王府虽然破败了，城上都已长出春草，但蜀王城下依然炊烟四起，百姓们在无数朝代更迭中，在柴米油盐的岁月中延续着他们的永恒的生命。

在这繁华的蜀王府背后是 13 位蜀王，以及治理蜀中近三百年的蜀藩王们，

---

[1] 陈世松，李映发著，《成都通史（卷五）》第 81 页，四川人民出版社 2011 年版。
[2] 《历代诗人咏成都》第 138 页。

蜀王们去世后都埋葬在成都东郊，其中以第三代蜀王僖王陵为中心，四周及邻近区域有僖王赵妃墓、僖王继妃墓、黔江悼怀王墓、怀王墓、惠王陵、昭王陵、成王陵、成王次妃墓、半边坟郡王墓等 10 个陵墓，分布在十陵街道南侧正觉山麓及山前的青龙埂等地。如今僖王陵、昭王陵位于青龙湖湿地公园的明蜀王陵内，就可以看到。僖王陵号称"最美地宫"，墓门前建八字墙，墓呈三进三重殿四合院布局，通进深约 28 米，墓位离地表约 9 米，依次有大门、前室、中室、后室、棺室，前、中、后室都有厢房，棺室有耳室。墓室地面全用石板铺砌，门、窗、柱等皆用石仿木做楼空雕刻，整座墓室仿照墓主生前所处的王宫。精美的仿木镂空雕刻、院落布局是后世研究明代亲王府的宝贵资料，墓中出土的大量文物也是不可多得的明代社会资料。

惠陵、永陵、明蜀王陵，这些王陵埋藏着历代治理蜀中的王者，他们或曾经铁马金戈、鼎足而立；或曾经辛苦创业、割据一方；或曾经大兴王府、世代沿袭，这些在蜀中耕耘过的君王们，也最终沉睡在这方土地中。如今这些王陵及依托王陵而建的博物馆，为后世大众了解和感受蜀中历史提供了方便之门，是天府成都极其丰富的宝贵的历史文化资源。

四、大慈寺、昭觉寺、文殊院

从出土的早期佛像、嵌有早期佛像的摇钱树，以及画像砖等材料，学者推测"佛教传入巴蜀地区应不晚于东汉中期"[1]。不过最初佛教传入中国时，影响并不大。到了东晋中期，部分高僧从中原入蜀弘扬佛法，佛教才在巴蜀广泛传播开来。伴随着佛教的发展，成都地区佛教寺院也逐渐增多，为成都的城市建设、市民生活平添了别样的风貌。南北朝时期，佛教作为独立的宗教信仰开始在成都落地生根，此时成都及周边已有 10 所寺院。到唐宋时期，寺庙数量倍增，当时新建的寺庙中存留至今的就有著名的大慈寺、昭觉寺、文殊院等。

---

[1] 段玉明著，《成都佛教史》第 2 页，宗教文化出版社 2017 年版。

1. 大慈寺

大慈寺，又称"大圣慈寺"，是唐宋时期成都佛教义学中心。关于大慈寺的修建过程，一种说法是唐玄宗避乱入蜀，偶遇僧人在成都城南施粥，问其所欲，答愿在城东建寺为国祈福。玄宗大受感动，便在城东兴建了大慈寺。文献记载中，大慈寺在至德二年（757）建成，此时是肃宗在位。既是肃宗在位期间，为何说是玄宗兴建？显然这种说法有待商榷。另外一种说法是大慈寺始建于魏晋（见《五灯会元》），武德五年（622）春，著名的三藏法师玄奘还在大慈寺中受戒学律，之后才有玄宗被僧人感动，御赐"大圣慈寺"匾额，令无相禅师扩建。在至德二年，肃宗下令重建大圣慈寺，这应该就是大慈寺创建的大概历程。

关于大慈寺，还流传着一段有趣的故事。宋人李颀的《古今诗话》中提到，《玉溪论事》记载侯继图温文尔雅，是大慈寺的常客。一日，他捡到一片飘落的桐叶，上面写着一首诗："拭翠敛双蛾，为郁心中事。搦管下庭除，书成相思字。此字不书石，此字不书纸。书向秋叶上，愿逐秋风起。天下有心人，尽解相思死；天下负心人，不识相思意。有心与负心，不知落何地。"诗意美，字也娟秀，侯继图便将桐叶珍藏起来。五六年后，他娶了一位闺秀为妻。一次，妻子无意中发现了桐叶，极为惊讶。

这正是她之前游大慈寺时在桐叶上写下的诗，便问道："此是妾书叶时诗，争（怎）得在公处？"侯答："在大慈寺阁上倚栏得之。"接着又说："即知今日聘君非偶然也。"从此，夫妻俩感情笃深。这便是"姻缘前注定，桐叶传情深"的佳话，这个传说不一定真实，却透露出大慈寺游客众多的情况。

大慈寺是皇家寺院，得到王公贵族的支持，规模与成都本地的其他寺院不同。到唐肃宗至德二年，大慈寺拥有96院，8500多间殿堂，是当时成都规模最大、影响力最大的著名寺院。很多著名高僧都曾在大慈寺住持、传法，如三藏法师玄奘曾在大慈寺受戒[1]，无相禅师（新罗国王子）在大慈寺创立"净众禅"传道讲法，知玄（悟达国师）在大慈寺普贤阁讲经，宋代道隆禅师 13 岁在大慈寺出家，学成后率徒东渡日本传扬佛法，等等。可见，大慈寺在成都佛教史上具有举足轻重的地位。前蜀诗僧贯休作《蜀王入大慈寺听讲》，记录的就是前蜀王王建入大慈寺听高僧讲佛法的情形，诗中写道：

玉节金珂响似雷，水晶宫殿步徘徊。

只缘支遁谈经妙，所以许询都讲来。

帝释镜中遥仰止，魔军殿上动崔嵬。

千重香拥鳞龙立，五种风生锦绣开。

宽似大溟生日月，秀如四岳出尘埃。

一条紫气随高步，九色仙花落古台。

谢太傅须同八凯，姚梁公可并三台。

登楼喜色禾将熟，望国明诚首不回。

驾驭英雄如赤子，雌黄贤哲贡琼瑰。

六条消息心常苦，一剑晶莹敌尽摧。

木铎声中天降福，景星光里地无灾。

百千民拥听经座，始见重天社稷才。[2]

"玉节"形容佩玉之声铿锵有力。"金珂"指马勒上的金属饰品。诗中以玉节金珂指蜀王前来大慈寺听讲经。"支遁"，字道林，精通老庄及佛学，东晋高僧、诗人。"许询"，字玄度，东晋名士，善于属文、析玄理，与王羲之、支遁等都以文义著称。诗中以支遁、许询比大慈寺中的高僧与蜀王。"帝释"指印

[1] 玄奘受戒于何寺，学界尚有争议。段玉明教授认为，玄奘受戒之寺最有可能是在多宝寺，多宝寺后被并为大慈寺下院，多宝寺毁后，大慈寺便自然而然地承接了玄奘受戒的历史。（段玉明，《成都佛教史》第 68 页，宗教文化出版社 2017 年版。）
[2] 陆永峰著，《禅月集校注》第 384 页，巴蜀书社 2012 年版。

度佛教中的帝释天，简称"因陀罗"，意译为"能天帝"（能够为天界诸神的主宰者）。掌管雷电与战斗，进入佛教为护法神，以宝镜遍照人间、察善恶。"魔军"，佛学中指恶魔之军。"谢太傅"指东晋时著名的宰相谢安，字安石，曾隐居于会稽山阴县的东山，与王羲之、许询等关系较好。"八凯"指辅佐的贤才。"姚梁公"指姚崇，历仕武后、睿宗、玄宗三朝，官至宰相。"三台"指中台尚书、宪台御史、外台谒者。此指蜀王到大慈寺听高僧讲佛经，借用"八凯""三台"作比，表达对社稷人才的推崇和敬重。之后便是称赞蜀王，"登楼""望国"句写国家治理昌明的景象。"雌黄"指评议，"琼瑰"指美好的文章。"驾驭""雌黄"句写任用人才得心应手。"六条消息"本指朝廷用刺史班行的六条诏书来考察官吏，此指关心吏治。"六条""一剑"句写于内吏治有序、于外出征有绩。"木铎"是以木为舌的铜制大铃。古时颁布政令时，则摇木铎提示。"景星"，古人认为景星预示国家治理有道。"木铎""景星"句都是肯定蜀王治理有道。诗最末两句才又回到"听讲"上来。诗中虽大部分内容是借此称赞君王有道，但王建到大慈寺听讲经也说明，大慈寺在当时西蜀佛教中拥有至高无上的地位，寺中高僧佛学造诣也极为深厚。

大慈寺是西蜀佛教交流与传播的主要寺庙之一，大量的讲经活动、各种佛法仪式，以及各类在佛教节日举办的佛法活动，促使大慈寺在唐宋时期逐渐成为城市的商贸中心。唐宋兴起的"十二月市"，以蚕市、药市最为热闹，蚕市的开展地点就在大慈寺前。宋代成都府尹宋祁的《大圣慈寺前蚕市》云："蜀虽云乐土，民勤过四方。寸壤不容隙，仅能充岁粮。间或容惰懒，曷能备凶痒。所以农桑具，市易时相当。野氓集广廛，众贾趋宝坊。惇本诚急务，戒其靡恣常。兹会良足喜，后贤无忽忘。"之后府尹田况也是在逢蚕市时，顺道游览了大慈寺，云："新晴市井绝纤埃。老农肯信忧民意，又见笙歌入寺来。"（《三月九日大慈寺前蚕市》）此时的夜市也开在大慈寺，田况的《七月六日晚登大慈寺阁观夜市》云："万里银潢贯紫虚，桥边螭蛷待星姝。年年巧若从人乞，未省灵恩遍得无？"多数岁时节庆活动也会在大慈寺举行宴席，以《岁华纪丽谱》中的记载来看，"正月二日，……晚宴大慈寺"；"（正月）十四、十五、十六三日，皆早宴大慈寺"；"二月八日，……早宴大慈寺之设厅"；"三月二十一日，既中晚宴于大慈寺之设厅"；"寒食……晚宴大慈寺设厅"；"五月五日，宴大慈寺设厅"；"七月七日，晚宴大慈寺设厅"；"八月十五日，宴于大慈寺"；"冬至节，宴于大慈寺"[1]，几乎每年重要的节庆都在大慈寺中设宴，可见大慈寺周边的繁华及大慈寺对城市生活的重要意义。如陆游在《天中节前三日大圣慈寺华严阁燃灯甚盛游人过于元夕》诗中写道：

> 万瓦如鳞百尺梯，遥看突兀与云齐。
>
> 宝帘风定灯相射，绮陌尘香马不嘶。
>
> 星陨半空天宇静，莲生陆地客心迷。
>
> 归途细踏槐阴月，家在花行更向西。[2]

此诗写于淳熙二年（1175）五月，天中节指端午节，在大慈寺中有燃灯祈福会。在陆游笔下，大慈寺的壮观是"万瓦如鳞""遥与云齐"，寺中灯火通明，就如同天上星辰；游人如织，比元夕还要热闹隆重。

如今，大慈寺周边的太古里街区已成为成都最繁华、最热闹的街区之一。在这里，时尚前卫与传统复古相结合，西方元素与中国文化相碰撞；在这里，古老街巷焕发着生机，黛瓦坡顶与玻璃幕墙相结合，质朴素雅又通透开放。在快慢相宜的生活节奏中，若隐若现的市井风貌与人文韵味俱在。这里的一切，使我们深切感受到，大慈寺街区从历史的深处走来，延续着昔日的光彩，又带着最炫丽的风采，成为新时代成都商品贸易的招牌。

2. 昭觉寺

昭觉寺在成都城北郊，也是成都著名的佛教寺院之一。唐太宗贞观年间名

---

[1]《全蜀艺文志》第 1708-1712 页。

[2]《剑南诗稿校注》第 514 页。

"建元寺"。唐末休梦禅师驻锡此寺，剑南节度使崔安上奏改寺名，宣宗时赐名为"昭觉"，并赐休梦禅师一袭紫衣。后来，无论是僖宗入蜀，还是前蜀王王建节制两川，都对休梦禅师礼敬有加。休梦住持昭觉寺时，曾经极力扩建寺宇，并请当时著名的画师孙位、张询等人在院中绘制壁画。到宋初时，昭觉寺已发展到殿宇百间，规模宏伟。后来部分殿堂在明末战乱中被毁。两宋之际，大师真觉惟胜在此说法，圆悟克勤也两度住持昭觉寺，使昭觉寺成为南宗禅传播的中心。圆悟克勤所著《碧岩录》《圆悟心要》等被列入日本《大正藏》，如今日本和东南亚等地许多佛教寺庙还把昭觉寺视为祖庭。昭觉寺不仅有高僧大德弘扬佛法，而且寺内林木成荫、清幽雅静，素有"川西第一禅林"之称。北宋时，政治家、文学家范镇来到昭觉寺，并作诗描绘了当时寺院的情况：

炎蒸无处避，此地忽如寒。

松砌行无际，石房禅自安。

鸳鸯秋沼涨，蝙蝠晚庭宽。

登眺见田舍，衡茅半不完。[1]

这首《游昭觉寺》写出了昭觉寺的清幽惬意。诗中说，炎天暑热无处可躲，而昭觉寺中却是另一番光景。"忽如寒"中多少有些惊讶，这一炎一寒的强烈反差可见寺中树木繁茂。此地各处有松树，遮住了炙热的日光，走到树荫尽头便可看见禅房。那池上鸳鸯、庭中蝙蝠为寺院又平添了几分生趣。登上楼阁望向远处，能见到城北郊近半的民房。昭觉寺高僧辈出，环境清雅，曾是多数蜀中文人向往之处。南宋时，陆游宦游蜀中，在昭觉寺与僧人交流、小酌，至暮才归，作《饭昭觉寺抵暮乃归》并写道：

---

[1] 何崇文等著，《巴蜀文苑英华》第 103 页，四川人民出版社 1984 年。

身堕黄尘每慨然，携儿萧散亦前缘。

聊凭方外巾盂净，一洗人间匕箸膻。

静院春风传浴鼓，画廊晚雨湿茶烟。

潜光寮里明窗下，借我消摇过十年。[1]

这首诗作于淳熙三年（1176）二月。"黄尘"指尘世。"萧散"指潇洒。"聊凭"句是指且就这寺院中的毛巾盆盂洗净人世的腥膻，指到寺院中涤除人世烦恼、恶业。"浴鼓"是寺院僧人沐浴前所打的鼓，此点明已是傍晚时分。紧接着下句便说"晚雨湿茶烟"，雨未必真打湿了茶烟，是陆游委婉地说该告辞回家了。"潜光"指隐居，"寮"指小屋，"消摇"即逍遥。此句是陆游返家时表达了对这种方外隐居生活的向往。

规模较大的著名寺院，不仅是讲经说法、弘扬佛学的中心，同时也是众多才华出众的诗僧、道士的汇集之地，文人诗友、名师大家出入频繁，便促使寺院成为文学艺术发展不可忽视的场所之一。昭觉寺与其他各大寺院一样，也有著名的禅师在此住持。清朝康熙年间，昭觉寺由破山海明主持。之后，便是大名鼎鼎的丈雪通醉等高僧在昭觉寺广开讲席。高僧们都曾致力于扩建寺院，随着寺院规模不断扩大，高僧们的佛法交流活动也逐渐活跃。昭觉寺在成都佛教与南亚佛学，以及与藏传佛教的交流过程中都起到了重要作用。

康熙四十二年（1703），康熙御赐昭觉寺"法界精严"匾额，并附律诗一首："入门不见寺，十里听松风。香气飘金界，清阴带碧空。霜皮僧腊老，天籁梵音通。咫尺蓬莱树，春光共郁葱。"于松林掩映之中，隐约可见寺院。这比北宋时范镇看到的"松砌行无际"更为茂密了。"金界"指佛寺。"僧腊"指僧尼受戒后的年岁。康熙写寺院中绿树参天的情景，年长的僧人正在吟诵经文，便顿觉此地俨然传说中的蓬莱仙山。这便是著名寺院中高僧与大树相辅相成而有的奇妙境界。近代著名书法家赵朴初，应慈青和尚的嘱托，于 1960 年 12 月作

---

[1]《剑南诗稿校注》卷七第 555 页。

《西江月·为成都昭觉寺作》，写道：

> 喝月拿云气概，破山丈雪家风。
> 搬柴担水是神通，竹笠芒鞋珍重。
> 纵使虚空可尽，其如行愿无穷！
> 妙花香饭与谁同？普供人天大众。[1]

破山、丈雪都是曾在昭觉寺住持的著名高僧。佛教哲学讲求顿悟，因此搬柴担水也可以悟出真意。"行愿"是佛教语，指身心修养的境界。"人天"也是佛教语，指六道轮回中的人道和天道，亦泛指世间众生。昭觉寺如今依然在成都城北，毗邻成都动物园，大师圆悟克勤的墓园在二者之间。墓园大门上，还有赵朴初先生题写的"圆悟禅师墓"，并附对联"昭觉堂开应众机，草偃风行三十棒；圆悟老来垂只手，叶落归根千百秋"。

3. 文殊院

文殊院的前身是始建于隋朝大业年间的信相院，绵竹有个名叫信相的农民，天生就有慧根，早年通达明了佛理，远近闻名，被隋文帝之子蜀王杨秀请到成都，专门为他建了一座寺庙，就叫"信相院"。到唐武宗在位期间推行一系列"灭佛"政策时，寺庙被毁。唐僖宗中和四年（884）前，在成都城西转角一带进行过重建，又称"中和信相院"[2]。不过，这座寺院名声大噪是在更名为"文殊院"之后，因住持慈笃禅师而闻名。

禅师慈笃海月，俗姓柳，成都人，幼时出家，奉信相院井觑和尚为师。19岁时，师从昭觉寺丈雪通醉禅师习法并受具足戒，后又转投渝州华岩寺圣可德玉禅师门下，得真传衣钵。康熙二十年（1681），慈笃禅师在信相院旧址搭建了若干间茅屋，传说僧人和百姓屡见禅师身后有火光，怀疑他是文殊菩萨应身，因此便纷纷要求重建信相院，改名为"信相文殊院"。康熙四十一年

---

[1] 赵朴初著，《赵朴初大德文汇》第336页，华夏出版社2012年版。
[2] 段玉明著，《成都佛教史》第159页，宗教文化出版社2017年版。

（1702），康熙皇帝亲赐"空林"匾额及《金刚经》《药师经》等佛教经典，因此文殊院又名"空林堂"，从此文殊院在全国佛教寺院中的地位更加截然不同。慈笃禅师住持文殊院法席近 30 年，广开讲席，座无虚席，为文殊院清代中兴第一祖，文殊院也逐渐跻身成都乃至全国最重要的佛教寺院之一。

　　文殊院中风景格外清幽秀丽，丛竹掩映，曲径通幽，池沼亭台众多，是文人雅士、信众的绝好去处。文殊院中有很多古迹，先说建筑结构样式及风格。与山门相对的是照壁，上有慈笃禅师亲手题写的"文殊院"及"睿泽深天地，宗风越古今"。第一进殿供奉有弥勒菩萨及四大天王，由慈笃禅师创建。第二进殿为三大士殿，又称观音殿，建于清康熙年间，殿中供奉有观音、文殊、普贤三大士。第三进殿为大雄宝殿，也是慈笃禅师创建，殿中供奉有释迦牟尼佛坐像，左右侍立的是迦叶、阿难尊者像，均为清道光年间铸造。第四进殿为说法堂，堂中戒坛正中墙壁镶嵌有康熙手书的"空林"二字。第五进殿为藏经楼，原也是慈笃禅师创建，道光年间由本圆和尚重建。第六进殿为文殊阁，位于文殊院内中轴线最后，由第一层"空林讲堂"、第二层空林佛教图书馆及第三层万佛殿构成。文殊阁由宽霖方丈修建。整体上，文殊院都是清代建筑风格。清代诗人张怀泗写当时所见的文殊院：

> 未到僧先梦，鸣钟我便来。
>
> 一龛撑法界，万竹拥经台。
>
> 翰墨禅宗契，机锋宝偈开。
>
> 黄杨今又闰，消息试寻猜。[1]

（《与玉溪五弟游成都文殊院》）

　　如今在第三进殿的玻璃龛中供奉着释迦牟尼佛坐像，诗中"一龛"指的就是这尊释迦牟尼佛像。"机锋"指思维敏锐。"宝偈"指佛经中的唱词，多是指

---

[1] ［清］孙桐生编，《国朝全蜀诗钞》卷二十二第 234 页，巴蜀书社 1986 年版。

诗的形式。"黄杨今又闰",俗话说黄杨树遇到闰年会缩三寸。"消息"指自然消长的道理。

再说文殊院的珍玩宝物。寺中珍藏的宝物除康熙亲题的"空林"外,还有缅甸玉佛、明崇祯皇帝爱妃田氏所绣的袈裟、四部血书佛经、清代陕甘总督杨玉春之女用发丝绣的水月观音像、杨玉春曾孙杨光圻所绘的"金刚经塔"、慈笃禅师画像、玄奘顶骨舍利等,这些都是文殊院经年累积、完好保存的珍品。总之,文殊院从寺院环境、文物珍品,到佛经典藏,各类弘法慈善活动,以及文化艺术发展都有卓著的成绩。近代诗人周钟岳的《文殊院观藏经》写道:

> 行近招提万竹青,上方钟磬韵泠泠。
>
> 欲从初地参真佛,直到诸天听梵经。
>
> 石铫茶烹禅室静,檀龛书检贝文馨。
>
> 法门龙象知谁是?拟向瞿昙叩大乘。[1]

文殊院竹林清幽,禅房雅静。"招提""上方"都指佛寺,"钟磬"指佛教法器,"泠泠"是形容声音清越。寺院中的僧人敲击木鱼、念诵经文,总会让来到寺中的信众更觉清静。"初地"指修行十阶位的第一阶位。"诸天"指护法众天神。在文殊院中,信众会萌生要在此参拜真佛、直到听到天神真经的想法,以此称赞文殊院佛学纯正、造诣深厚。"石铫"指烧水的陶壶。"檀龛"指檀木书柜,"贝文"指佛经。此句诗正式转到藏经上来。文殊院丰富的佛经典藏,也是其在佛教发展中影响很大的原因之一。"龙象"指诸阿罗汉中修行勇猛、最大能力者。"瞿昙"是释迦牟尼的姓,代称佛。"大乘"是佛教的一派,认为人皆可成佛,强调普度众生。最末两句又回到"欲从初地参真佛"上,再次感叹文殊院在环境、僧众、典藏、佛学等方面具备更优越的条件和较好的发展。

如今,文殊院不仅专注于弘扬佛法,而且在寺院修缮、民俗活动、佛学教

---

[1]《历代诗人咏成都》第384页。

育、禅意生活等方面都有很多创新发展。如举行丰富多彩的主题教育活动，举办各类摄影展、腊八节奉粥活动，开创书法研习班，建设空林博物馆等，这些善举都让市民生活更加丰富，不但使佛教寺院为信众找到了心灵慰藉，而且也给现世生活带来温暖。

　　成都城内外有很多著名的道观、寺院，以上只是略举一二。这座城市将儒家、道教、佛教三种文化和谐地融会在成都城市文化中，"三教"几乎呈现出均衡发展的情势，这在其他城市很少见，这是天府成都的包容与友善，也正是这份开放包容成就了独一无二的天府成都。

参考文献

[1]［晋］常璩. 华阳国志 [M]. 济南：齐鲁书社，2015.

[2]［唐］李白. 李白全集编年注释 [M]. 安琪笺注. 成都：巴蜀书社，1990.

[3]［唐］杜甫. 杜诗详注 [M].［清］仇兆鳌注. 北京：中华书局，2015.

[4]［唐］白居易. 白居易全集 [M]. 丁如明，聂世美校点. 上海：上海古籍出版社，1999.

[5]［唐］元稹. 新编元稹集 [M]. 吴伟斌编年笺注. 西安：三秦出版社，2015.

[6]［唐］郑谷. 郑谷诗集编年笺注 [M]. 赵昌平等笺注. 上海：上海古籍出版社，2009.

[7]［唐］温庭筠. 温庭筠全集校注 [M]. 刘学锴校注. 太原：三晋出版社，2016.

[8]［唐］韦庄. 韦庄词集 [M]. 上海：上海古籍出版社，2010.

[9]［宋］司马光. 司马温公编年笺注 [M]. 李之亮笺注. 成都：巴蜀书社，2009.

[10]［宋］郭茂倩. 乐府诗集 [M]. 北京：中华书局，2017.

[11]［宋］苏轼. 苏轼诗集合注 [M]. 冯应榴辑注，黄任珂，朱怀春校点. 上海：上海古籍出版社，2001.

［12］［宋］苏轼. 苏东坡全集［M］. 邓立勋编校. 合肥：黄山书社，1997.

［13］［宋］苏辙. 栾城集［M］. 上海：上海古籍出版社，2009.

［14］［宋］黄庭坚. 山谷诗集注［M］.［宋］任渊，史容，史季温注，黄宝华点校. 上海：上海古籍出版社，2003.

［15］［宋］文同. 文同全集编年校注［M］. 胡问涛，罗琴校注. 成都：巴蜀书社，1999.

［16］［宋］范成大. 石湖居士诗集［M］. 北京：商务印书馆，1937.

［17］［宋］陆游. 剑南诗稿校注［M］. 钱仲联校注. 上海：上海古籍出版社，1985.

［18］［宋］汪元量. 汪元量集校注［M］. 胡才甫校注. 杭州：浙江古籍出版社，1999.

［19］［明］杨慎. 全蜀艺文志［M］. 刘琳，王晓波点校. 北京：线装书局，2003.

［20］［明］夏树芳. 茶董（译注）［M］. 李超，卿至译注. 北京：中国书店，2018.

［21］［清］彭定求. 全唐诗［M］. 北京：中华书局，1960.

［22］［清］钱谦益. 列朝诗集［M］. 北京：中华书局，2007.

［23］［清］张问陶. 船山诗草［M］. 北京：中华书局，1986.

［24］［清］孙桐生. 国朝全蜀诗钞［M］. 成都：巴蜀书社，1986.

［25］［清］杨燮等. 成都竹枝词［M］. 林孔翼辑录. 成都：四川人民出版社，1982.

［26］［清］王闿运. 湘绮楼诗文集［M］. 马积高主编. 长沙：岳麓书社，2008.

［27］冯玉祥. 冯玉祥诗选［M］. 于舟选编. 成都：四川人民出版社，1982.

［28］林思进. 清寂堂集［M］. 成都：巴蜀书社，1989.

［29］陈寅恪. 陈寅恪集［M］. 北京：生活·读书·新知三联书店，2001.

[30] 李劼人. 李劼人选集 [M]. 成都：四川人民出版社，1980.

[31] 李劼人. 李劼人说成都 [M]. 成都：四川文艺出版社，2001.

[32] 郭沫若. 敝帚集·集外 [M]. 郭英平，秦川编著. 北京：中国文联出版社，2016.

[33] 周振甫. 唐宋全词 [M]. 合肥：黄山书社，1999.

[34] 何崇文. 巴蜀文苑英华 [M]. 成都：四川人民出版社，1984.

[35] 王文才. 杨慎诗选 [M]. 成都：四川人民出版社，1981.

[36] 王文才，万光治. 杨升庵丛书 [M]. 成都：天地出版社，2002.

[37] 沙汀. 沙汀文集 [M]. 上海：上海文艺出版社，1991.

[38] 刘新生. 历代咏草堂诗选 [M]. 成都：四川文艺出版社，1997.

[39] 成都市文联，成都市诗词学会. 历代诗人咏成都 [M]. 成都：四川文艺出版社，1999.

[40] 廖永祥. 蜀诗总集 [M]. 成都：天地出版社，2002.

[41] 袁庭栋. 巴蜀文化志 [M]. 成都：巴蜀书社，2009.

[42] 袁庭栋. 成都街巷志 [M]. 成都：四川文艺出版社，2017.

[43] 丁浩，周维扬. 杜甫草堂匾联 [M]. 成都：天地出版社，2009.

[44] 白寿彝，史念海. 中国通史 [M]. 上海：上海人民出版社，2015.

[45] 刘仁庆. 纸张解说 [M]. 北京：中国铁道出版社，2004.

[46] 陆永峰. 禅月集校注 [M]. 成都：巴蜀书社，2012.

[47] 刘昌明. 巴蜀茶文学史 [M]. 成都：四川大学出版社，2013.

[48] 林语堂. 生活的艺术 [M]. 长沙：湖南文艺出版社，2017.

[49] 洛夫. 独立苍茫 [M]. 南京：江苏人民出版社，2018.

[50] 陈武. 民食天地：文化名家谈饮食 [M]. 扬州：广陵书社，2018.

[51] 梁实秋. 白猫王子及其他 [M]. 成都：四川人民出版社，2018.

[52] 梁实秋. 梁实秋散文集 [M]. 成都：时代文艺出版社，2015.

[53]《名山茶业志》编纂委员会. 名山茶业志 [M]. 北京：方志出版社，2017.

[54] 翟永明 . 行间距：诗集 2008—2012 [M] . 重庆：重庆大学出版社，2013.

[55] 梁平 . 满城繁华的诗歌荣光 [M] . 成都：四川人民出版社，2018.

[56] 段玉明 . 成都佛教史 [M] . 北京：宗教文化出版社，2017.

[57] 王笛 . 茶馆：成都的公共生活和微观世界 1900—1950 [M] . 北京：社会科学文献出版社，2010.

[58] 赵朴初 . 赵朴初大德文汇 [M] . 北京：华夏出版社，2012.

[59] 赵朴初 . 滴水集 [M] . 北京：作家出版社，1961.

[60] 《成都通史》编纂委员会 . 成都通史 [M] . 成都：四川人民出版社，2011.

[61] 周啸天 . 历代名人咏四川 [M] . 成都：四川人民出版社，2019.

[62] 谢天开 . 百年成都劝业场 [M] . 成都：成都时代出版社，2018.

[63] 唐婷 . 成都何在 [M] . 成都：成都时代出版社，2020.